新装版

妖鬼 飛蝶の剣

介錯人・野晒唐十郎③

鳥羽 亮

祥伝社文庫

目次

第一章　天狐地狐《てんこちこ》

1

猪牙舟《ちょきぶね》は大川をすべるように下っていた。

川風が上気した頬をここちよくかすめていく。岸辺の船宿《ふなやど》や料理茶屋などの軒下《のきした》の雪洞《ぼんぼり》が、潤《うる》んだような明かりを川面《かわも》に落としていた。すでに、四ツ（午後十時）を過ぎていたが、浅草寺《せんそうじ》に近い花川戸《はなかわど》町の対岸から、三味線の音や酔客のさんざめく声などがかすかに聞こえてくる。

河内進之助《かわちしんのすけ》は、猪牙舟の船梁《ふなばり》に腰を下ろし、気怠《けだる》い体を川風に晒《さら》すように前方に襟《えり》元《もと》を広げていた。昨夜抱いた女のあまい残り香が、進之助の体の隅々《すみずみ》から風といっしょに流れ出していくようだった。

まるで、甘美な夢をみているような一夜だった。名も知らぬ高貴な女性《にょしょう》に誘われ、贅沢《ぜいたく》な酒肴《しゅこう》のあと寝間に導かれて、明け方まで目眩《めくる》めく陶酔と悦楽の夜をすごしたのだ。

「船頭、紅蓮《ぐれん》屋敷の奥方の名は知るまいな」

舟の艫《とも》で艪《ろ》をあやつる船頭に訊《き》いた。

昨夜、進之助に裸身をあずけた女性は、大名の側室か大身《たいしん》の旗本《はたもと》の奥方ではないかと思っていた。その女性に屋敷名を訊くと、口元にうすく笑いを浮かべながら紅蓮屋敷と答えたからだ。

紅蓮屋敷とは屋敷の住人たちだけに通じる別名であろう。おそらく、大名か大身の旗本の別邸にちがいない。何かの理由で独《ひと》り身になった奥方が、その空閨《くうけい》の寂しさを埋めるために男との密会に利用しているのだろう。

「へい、存じません」

ぼそっと答えて、船頭は顔を伏せてしまった。

寡黙な男だった。あるいは、主人から強く口止めされているのかもしれない。顔を隠すように手ぬぐいで頬《ほお》かむりしているので、表情もうかがいしれなかった。

猪牙舟は吾妻《あづま》橋の手前で左手に舳先《へさき》を向け、横川につながる掘割に入った。舟底を打つ水音が、タフ、タフと耳にひびいた。

枕《まくら》橋をくぐったところで、船頭は小さな渡船場《わたしば》に猪牙舟を着けた。

土手を上がった先の道をまっすぐ行くと、本所松倉町《ほんじょまつくら》へとつづく。そこに進之助の住む河内家の屋敷があった。

「手間をとらせたな」

進之助は懐《ふところ》の財布から小粒銀を取り出して渡そうとしたが、船頭は無言で首を横にふった。

「……旦那《だんな》、お気をつけて」

くぐもったような声で船頭はそういうと、棹《さお》を取って舳先を大川の方へ回転させた。

進之助が財布を懐にしまったとき、船頭の口元に嘲弄《ちょうろう》するような嗤《わら》いが浮いたが、頬かむりした顔は深い闇につつまれ、進之助の目にはとまらなかった。

進之助は岸辺で猪牙舟の去るのを見送った後、ゆっくりした足取りで歩き出した。

松倉町へつづく通りに面して、みすぼらしい四軒長屋や漁具でもしまってあるらしい茅屋《ぼうおく》などがあったが、人の姿はまったくなかった。

人声はむろんのこと、犬の遠吠えも聞こえてこなかった。茫々《ぼうぼう》とした夏草の中から、虫の音だけがやかましく聞こえてくる。

進之助は、頭上の月光に伸びた己《おのれ》の影を踏みながら歩いた。

渡船場から、二町《ちょう》（一町は約一〇九メートル）ほども歩いたときだろうか、進之助は背後から迫ってくる足音を聞いた。足音に合わせて、虫の音の強弱が寄せてくる波のように聞こえる。進之助は足音の異常な迅《はや》さにただならぬものを感じて、背後を振り返った。

……何者！

筒袖《つつそで》、裁付袴《たつつけばかま》の黒装束《しょうぞく》である。子供かと見紛《みまが》うほど背が低い。しかも、おそろしく迅い。獲物を追う夜走獣のようだ。

背が低く見えるのは、前屈《かが》みのまま走り寄ってくるためらしい。何か、二尺（一尺は約三〇センチ）ほどの棒のような物を持っている。凄《すさ》まじい殺気を全身から放射していた。

（おれを、狙《ねら》っている！）

そう察知した進之助は、迎え討つように愛刀、土佐吉光《とさよしみつ》の鯉口《こいぐち》を切って身構えた。清澄な刀身が月光を反射《はね》て、冴《さ》えた光を放った。

進之助は神道無念流《しんとうむねんりゅう》、斎藤弥九郎《さいとうやくろう》門下の遣《つか》い手である。曲者《くせもの》のひとりくらいで、動じるようなことはない。

「河内進之助と知っての狼藉《ろうぜき》か！」

進之助は激しい声で誰何《すいか》した。

黒装束の曲者は無言だった。二間（一間は約一・八メートル）ほどの間合を置いて立ち止まると、右手にした棒のような物を地面につけるように身構えた。先に七寸

（一寸は約三センチ）ほどの小槍《やり》のような刺撃《しげき》のための鏃《やじり》がついている。だが、槍ではない。形は槍と同じだが、二尺ほどしかない。

「手突矢《てつきや》か！」

投げつけたり、接近した敵を突き刺したりする槍と打根《うちね》をいっしょにしたような小武器である。武士の護身用の武器で、外出時に馬上や駕籠《かご》の中などに携帯する。

黒装束の曲者は、地を這《は》うように身をかがめたまま間合をせばめてきた。その黒装束は地表に伸びた茅屋の濃い闇に溶けたようにまぎれたが、青白い月光をうけた双眸《そうぼう》が猛禽《もうきん》のようにひかっていた。

「夜盗か！」

「天狐《てんこ》よ」

低い嗄《かす》れ声でいった。

「テンコ、だと？」

進之助には何を意味したものか理解できなかった。

間合は一間半。曲者の全身に飛びかかる寸前のような気勢が漲《みなぎ》っていた。

投げるか、突いてくるかだ。

進之助は刺撃と投擲《とうてき》にそなえるように、星眼《せいがん》からわずかに切っ先を下げて相手の喉《のど》元につけた。

ヒョウ！

という喉を裂くような甲高《かんだか》い叫び声とともに、ふいに曲者の黒い体が前に跳躍した。眼前に飛びかかってくる野獣のように、真っ正面から襲ってきたのだ。

すかさず、進之助は刀身をふり上げ、頭上から断ち割るように斬り落としたが、カッ、という鋭い金属音とともにその刀身が撥《は》ね上がった。

飛びかかりざま、曲者は手突矢をふり上げたのだ。

次の瞬間、進之助は右肩に強い衝撃を感じた。跳躍した曲者が肩口に片足をかけ、さらに背後に跳《と》んだのだ。

恐るべき軽捷《けいしょう》さだった。跳躍した黒い獣が眼前をかすめ、そのまま背後へ飛び越えたように見えた。

反転しようとした刹那《せつな》、進之助の喉元に灼《や》けるような衝撃がはしった。

背後からの攻撃だった。地上に落下する直前に曲者の手を離れた手突矢は、進之助の盆《ぼん》の窪《くぼ》に刺さり、喉先から一寸も突き抜けていた。

刮目《かつもく》したまま、進之助の動きがとまった。一瞬、顔が怒張し憤怒《ふんぬ》の形相《ぎょうそう》に変わり、両手で喉をかきむしった。

気道を手突矢の鏃《やじり》がふさいだのだ。進之助は悶《もだ》えるように激しく体を震わせながら両膝をつき、そのまま前に崩れるように倒れた。

曲者は倒れた進之助のそばに歩み寄ると、手突矢の柄をつかんで引き抜いた。

ヒュー、という音とともに、進之助の首から黒い棒のように血が噴《ふ》き上がった。

曲者は視線を落とし血の噴出を見ていたが、やがて血の流出がとまると、足で蹴って死体を転《ころ》がした。そして、仰向《あおむ》けになった進之助の刀を鞘《さや》ごと奪うと、己の腰に差した。

曲者は歯を剝《む》き出し怪異な顔でニタリと嗤い、懐から紙片を取り出して死体のそばに落とした。

血生臭《ちなまぐさ》い風が、曲者の黒装束にからまるように吹きぬけた。その風とともに、曲者が死体のそばから走り出そうとしたときだった。

ふいに、赤子の泣く声が夜闇にひびいた。

見ると、近くの長屋からむずかる赤子をあやしに家外に出たらしい若い女房が、十間ほど離れた叢《くさむら》の中に驚愕《きょうがく》に目を剝いてつっ立っていた。

どうやら、曲者の惨殺場面を目にしたらしい。

その母親の動揺がつたわったのか、赤子は怯《おび》えたように声を震わせて泣きじゃくっている。

チッ、と舌打ちした曲者は手突矢をつかんだまま母子の方に走りだした。

ザザザッ、と叢を分ける音がし、曲者は黒い獣のように急迫してきた。女房は喉を裂くような悲鳴をあげ、家に逃げ戻ろうと反転した。

その背に、跳びかかるように曲者は地を蹴った。

ヒョッ、ヒョゥ！

という叫び声とともに、突き出された手突矢はまず、女房の盆の窪を刺しつらぬいた。そして、母親の手に抱かれたまま泣き叫ぶ赤子の喉を突いた。

叢につっ伏した女房と赤子の首筋から、黒い二条の血が噴き上がった。ヒュー、ヒュー、という音が、曲者の足元で聞こえた。血の噴出音ではなかった。気道を突き破ったらしく、喉骨にからまるような空気の噴出音だった。すだく虫の音のなかで、ふたつの物悲しいもがり笛のように聞こえた。

曲者は母子に視線を落として、またニタリと嗤った。顎《あご》の尖《とが》った、異様に口の大きい妖異な面貌の男だった。

「むごいことしゃがるぜ」

叢の中に横たわる母子のそばに屈みこんだ南町奉行所《みなみ》の定町廻り《じょうまちまわ》同心、村瀬新次郎《むらせしんじろう》は吐き捨てるようにいった。

2

ふたつの死体のまわりを、羽を光らせて蝿《はえ》が飛んでいた。強い夏の陽射しのなかで、撒《ま》いたように広がった血は黒く乾き、死体は腐った魚のような嫌な臭いを発していた。蝿の唸《うな》るような羽音が、村瀬を苛立《いらだ》たせた。

「旦那、これを見てくだせえ」

周辺を探索していたずんぐりした体軀《たいく》の男が、何やら紙片のような物をつかんで走り寄ってきた。

この男、貉《むじな》の弐平《にへい》という村瀬から手札をもらっている岡っ引きである。猪首《いくび》で短軀《たんく》。濃い眉にギョロリとした目玉の風貌が、貉に似ていることからこの名がついた。

「弐平、何かあったか」

「へい」

弐平が差し出した紙片には、何やら墨で書いてあった。伸びあがるように後ろ足で立っている狐と、羽をとじ首を伸ばしている鳶《とび》の絵である。そして、鳶の方だけが丸く囲ってあった。

「やはり、天狐の仕業《しわざ》か」

村瀬も弐平もその絵は、何度か目にしていた。

今回を加えここ一月《ひとつき》ほどの間に三度、殺しの現場に狐と鳶の姿を描いた紙片が落ちていたのだ。喉を突き刺されたのが二度、頭をぶち割られたのが一度である。

そして、喉を刺された殺しのときは、鳶の方が囲ってあった。手をくだしたのは鳶である、と知らせるためなのであろう。

すでに、町方はその絵の意味をつかんでいた。

同心や岡っ引きがその絵を写しとって被害者の周辺を洗っているとき、真言《しんごん》宗の僧侶の目にとまり、鳶の方は天狐、狐の方は地狐《ちこ》ということが分かった。

その僧侶によれば、真言宗系の密教に伝わる調伏《ちょうぶく》（人を呪《のろ》い殺す）の加持祈祷《かじきとう》に用いるものだという。

その調伏の作法は、地狐（狐の絵）、天狐（鳶の絵）、人形《ひとがた》（呪う相手を描いたもの）の三類形《さんるいぎょう》を、調伏炉で焼き、その灰を願い主に呑ませる。すると、願意は成就《じょうじゅ》し、呪殺が叶《かな》うという。

「河内進之助も一突きか……」

村瀬は、すでに母子と十間ほど離れたところで殺されていた若い武士も調べていた。

その無残な若侍の身元を村瀬は知っていた。河内進之助は、まだ若いが江戸の剣壇でちかごろ名の売れてきた練兵館《れんぺい》の高弟だった。

練兵館は神道無念流、斎藤弥九郎が神田俎板橋《かんだまないた》に開いた道場で、北辰一刀流《ほくしんいっとう》、千葉《ちば》周作《しゅうさく》の玄武館《げんぶ》、鏡新明智流《きょうしんめいち》、桃井春蔵《もものいしゅんぞう》の士学館《しがく》とならび、江戸三大道場といわれている。村瀬も小野派《おのは》一刀流をよく遣い江戸の剣壇のことは明るかったのだ。

「旦那、得物は槍でしょうかね」

「槍にしては、すこし細いような気もするが……」

村瀬は槍ではないような気がした。二度とも背後から喉を突き通している。背後から襲ったとしても、盆の窪から喉先へ突き通すことはむずかしい。刺した角度からみても、かなりの高所からなのだ。村瀬には、槍にそのような技があるとは思えなかった。

「こうなると、腕試しってことですかね」

弐平が首をすくめながらいった。

「さて、どうかな」

弐平のいうとおり過去の二度の犠牲者は、いずれも、実力のある将来を期待された剣の遣い手だった。最初が、鏡新明智流、士学館の戸塚五郎太《とづかごろうた》。戸塚は江戸勤番の松江田《まつえだ》藩士で、刺殺された後、刀だけを奪われ金品は残したままだった。

二度目が、心形刀流《しんぎょうとうりゅう》、伊庭《いば》道場の長谷川八郎《はせがわはちろう》。長谷川は旗本の次男で、これは撲殺《ぼくさつ》だったが、戸塚と同様刀だけを奪われていた。

ふたりとも名門の高弟で、江戸では名の知れた剣士だった。ふたりに剣以外に結びつきはなく、呪い殺そうとするほどの深い恨《うら》みを買ったとも思えなかった。むろん、共通の敵も浮かんでこなかった。

夜盗や辻斬りでもなさそうだった。

刺殺や撲殺のあと、その差料《さしりよう》を奪うだけで懐の金に手をつけていなかったし、いずれも滅多に人の通らぬ寂しい場所なのだ。

弐平のいうように、武者修行のために名のある遣い手に挑んだとも考えられるが、これほどの手練《てだれ》なら、調伏の加持祈禱に用いる天狐や地狐の絵など置かずに堂々と名乗るであろう、と思うのだ。

「この母子《おやこ》の身内は？」

村瀬が弐平に訊いた。

「へい、亭主があの長屋に」

弐平は、近くの四軒長屋を指差し、泣きわめいていまさァ、と小声でいった。

弐平や他の岡っ引きが聞き出したところによると、殺された女のつれあいは、日雇いの大工で、昨夜遅く酒を飲んで帰り、そのまま寝てしまったという。今朝、陽が上ってから起きだし女房と子供がいないのに気付いたが、そのまま長屋に近い荒井《あらい》町の仕事場に出かけてしまった。

昼ごろになって、同じ長屋の住人が、叢で死んでいる三人に気付き、番屋に走るやら、女の亭主に知らせるやら、大騒ぎになったという。

「亭主が飲んで帰ったとき、女房はいたのか」

「へい。亭主が飲んで帰ったのは、五ツ半（午後九時）ごろだったそうです。寝ていた女房をたたき起こし、残りものの飯を出させ、湯をかけて食ったというから間違いねえでしょう」

「すると、殺《や》られたのは、四ツ（午後十時）過ぎとみていいな」

村瀬は天狐の斬殺の目的は河内で、母子はたまたま現場に居合わせたため殺されたに違いないと思っていた。

となれば、なぜ、河内が深夜このような寂しい場所にいたのか調べねばならない。

「旦那、とりあえず、河内様の身辺を洗ってみますよ」

弐平が丸い目を光らせていった。

どうやら、弐平も村瀬と同じことを考えていたらしい。

「それに、奪われた刀だ。……あるいは、殺しの目的は差料を奪うことにあるのかもしれぬ」

「刀の方もあたってみます」

弐平は首筋につたう汗を手の甲《こう》で拭《ぬぐ》いながらいった。

「ところで、弐平、河内の屋敷は松倉町だが、向島《むこうじま》からの帰りとみるか」

村瀬は松倉町とは反対側を振り返りながら、訝《いぶか》しそうな顔をして訊いた。

無理もない。通りの先にある向島は、田園地帯で農家が点在するだけの寂しい土地なのだ。河内が深夜足を運ぶような場所があるとも思えない。

「猪牙舟を使ったとみますが」

「舟か……」

「へい、ちかくに大川につながる掘割があります。猪牙舟を使って近くの渡船場《わたしば》で上がったとすれば、ここが屋敷への通り道になりまさァ」

十手の先で、肩口をたたきながら弐平がいった。

「なるほど……」

村瀬がちいさくうなずいた。

「それにしても、惨《むご》いことしゃがる」

弐平は足元の凄惨な母子の死体に目をやって、顔をしかめた。

「こうなると、本腰を入れねばならぬな」

村瀬も顔をこわばらせた。

「なんとしても、狐野郎の尻尾《しっぽ》をつかみますぜ。罪もねえ女子供まで手にかけやがって……」

弐平は顔を怒りで赤黒く紅潮させて、吐き捨てるようにいった。

3

庭先に立てられた真竹を前に、狩谷《かりや》唐十郎《とうじゅうろう》は居合腰《いあいごし》に沈め、愛刀、備前祐広《びぜんすけひろ》の柄《つか》に手をそえた。

唐十郎の顔容《かんばせ》がひきしまり、わずかに朱がさした刹那、白刃が一閃《いっせん》し、カッ、とわずかな音をたてた。一瞬、竹はそのままだったが、ハラリ、と竹先五寸ほどが白く尖《とが》った切口を残して落下した。

唐十郎は、流れるような身のこなしで抜きつけた祐広の刀身を返すと、袈裟《けさ》に斬り下げた。また、カッ、と音がし、やや間をおいて五寸ほど竹の先が落ちる。

唐十郎は二の太刀《たち》で静止し、一呼吸ののち腰を引いて静かに納刀した。

居合と据え物《すものぎ》斬りの稽古のために、庭先に立てた真竹を斬ったのだ。一握りほどの太さの真竹だが、手の内をしぼり、刃筋をたてて切っ先が円の一部を描くように振らないと斬れない。袈裟斬りの場合は、四十度ほどの角度で斬り落とす。

刃筋と角度をあやまり、力まかせに斬りつければ、どのような名刀でも刃こぼれを起こしたり、刀身が曲がったりする。

「おみごとでございます」

そばに控えていた本間弥次郎《ほんまやじろう》が、感嘆の声をあげた。

刃音と竹片の落下ぐあいで、どのように斬れたか分かる。音は小さいほどいいし、斬り落とされた竹片は飛ばない方がいい。大きな音をたて、竹片が飛ぶのは、無理な力が加わっている証拠なのである。

「いや、久しく抜いてないので、動きがにぶい」

唐十郎は額に浮いた汗を拭いながら、弥次郎のそばにきた。

四半時《しはんとき》（三十分）ほど、居合の基本である抜きつけ、納刀などを繰り返したあと、庭先に細い真竹を立てて、真剣で斬ったのである。

唐十郎の家は神田松永町《かんだまつながちょう》にあり、小宮山《こみやま》流居合指南の看板を掲《かか》げていた。十数年前、父重右衛門《じゅうえもん》が建てた道場で、当時はかなり盛っていたのだが、父の死後、歯が抜けるように門弟が去り、残っているのは当時師範代をつとめていた本間弥次郎ただひとりである。

道場経営で暮らしがたたなくなってから、唐十郎は弥次郎とふたりで、試刀や刀の目利《めき》き、たまに依頼される切腹の介錯《かいしゃく》などを生業《なりわい》としていた。

ここ数年、居合の稽古らしい稽古はしていなかったが、ときどき道場に立って小宮山流居合の基本である初伝八勢《しょでんはちせい》を抜いたり、据え物斬りの稽古として庭先に真竹や巻《ま》き藁《わら》を立てて真剣で斬ったりした。

小宮山流居合の術技は、その上達に応じて三段階に編まれている。初伝八勢、中《ちゅう》伝十勢《でんじっせい》、奥伝三勢《おくでんさんせい》である。

初伝八勢は立居《たちい》、正座《せいざ》、立膝《たちひざ》から抜きつける基本の形であり、真向両断《まっこうりょうだん》、右身抜《うしんぬき》打《うち》、左身抜打《さしんぬきうち》、追切《おいきり》、霞切《かすみぎり》、月影《つきかげ》、水月《すいげつ》、浮雲《うきぐも》からなる。

　中伝十勢は実戦の場で敵の動きを想定した技で、入身迅雷《いりみじんらい》、入身右旋《いりみうせん》、入身左旋《いりみさせん》、逆風《ぎやくふう》、水車《すいしや》、稲妻《いなずま》、虎足《こそく》、岩波《いわなみ》、袖返《そでがえし》、横雲《よこぐも》である。

　また、奥伝三勢は、山彦《やまびこ》、浪返《なみがえし》、霞剣《かすみけん》からなり、敵の呼吸や間積《まづも》りを読んで仕かける必殺剣で、これが小宮山流居合の奥義《おうぎ》でもある。そして、この三勢を体得した者に印可状が与えられた。

　さらに、同流には「鬼哭《きこく》の剣」と呼ばれる必殺剣があり、これは一子相伝《いっしそうでん》のため、父重右衛門から唐十郎だけに伝授されていた。

　唐十郎と弥次郎は小宮山流居合の印可を得ていたし、生前、重右衛門が居合のほかに修行を積んでいた据え物斬りも身につけていた。

　唐十郎が生業のひとつとしていた試刀は、実際に人体を試《ため》し斬《ぎ》りにして刀の切れ味を試すことが多い。

　通常は浅草の弾左衛門《だんざえもん》から死罪になった者の死体をゆずり受け、土を盛った土壇《どだん》の上に横たえて斬る。これを据え物斬りといって、鍛練を積み相応の刀法を身につけた者でなければ、死体とはいえ一刀両断にはできない。

　いかな名刀でも、斬る者の腕によっては、鈍刀より劣る結果になるのである。そのため、試刀には、据え物斬りの達者が必要になるのだ。

「若先生、今度は練兵館の河内進之助が殺《や》られたそうですよ」

転がった竹片を拾い集めながら、弥次郎がいった。

唐十郎はすでに三十を過ぎていたが、弥次郎は未だに若先生と呼んでいる。

「ほう、士学館、伊庭道場の次が練兵館か」

唐十郎は短くなった竹を束《たば》ねていた手をとめた。

ここ一月ほどの間に、士学館と伊庭道場の門弟が相次いで殺されたことは、巷《ちまた》の噂になっていた。

「門弟同士の諍《いさか》いとも思えませんが」

「剣術道場の門弟なら、喉だけ突いたり、殴り殺したりはしまい」

「特異な武器を遣う武者修行者でしょうか」

「どうかな……」

武芸の名をあげるために、江戸の大道場の門弟を狙ったとも考えられるが、それにしては、勝者が名乗らないのはおかしいし、狐や鳶の絵を置いておくというのも奇妙である。

「今回は、長屋の若い女房と赤子が犠牲になったようですよ」

「同じ者の手にかかったのか」

「はい、町では、赤子をあやしに抱いて出たところを殺られたと噂してますが」

「そうなると、町方も放ってはおけまい」

武芸者の立ち合いというより、辻斬りにちかい残酷な殺人《ころし》のように思えた。

「若先生も気をつけた方がいいですよ。いずれも、売り出し中の気鋭の剣士らしいですからね」

「それなら心配ない。廃《すた》れた居合の道場などに、目をとめる者はおらぬ」

「まァ、たしかに、士学館や練兵館とはちがいますがね」

弥次郎は苦笑いをうかべた。

それから、ふたりは道場に入り、打太刀《うちだち》と仕太刀《しだち》に別れ、久しぶりに中伝十勢の稽古に汗を流した。

それから、一時《いっとき》（二時間）ほどして、弥次郎は道場を辞去した。

唐十郎が道場につづく母屋でくつろいでいると、狩谷どのはご在宅でござるか、と玄関の方で訪《おとな》いを請《こ》う武士らしい男の声がした。

出て見ると、壮年の恰幅《かっぷく》のいい武士が従者をふたり連れて立っていた。絽羽織《ろばおり》に細い竪縞《たてじま》の袴、拵《こしら》えのいい大小を差している。大身の旗本の用人か藩の留守居役かと思われる武士だった。

「身共《みども》の名は、太田又左衛門《おおたまたざえもん》にござる。ゆえあって、藩名は秘匿いたすが、ご容赦《ようしゃ》ねがいたい」

道場内で対座した太田は、あたりに目を配りながらいった。

「拙者、狩谷唐十郎にござる。して、ご用件は」

「狩谷どのは、試刀家なれど、ときには追手《おって》や介錯などもお引き受けなさると耳にいたし……」

太田は声を落としていった。

「いかにも」

唐十郎のような名もない市井《しせい》の試刀家などには滅多に依頼はない。頼まれれば、追手や敵《かたき》討ちの助勢まで、町方に追われる恐れがなければ引き受けていた。

「なれば、切腹の介錯をお頼みしたいが……」

太田は、覗《のぞ》くような目をして唐十郎を見た。

「ご事情によっては、お引き受けいたしますが……」

唐十郎は語尾を濁《にご》した。

ちかごろ、試刀や介錯の依頼はなく、懐は寂しい。飛び付きたいところだが、介錯とはいえ、人の首を刎《は》ねるのである。場合によっては、血縁者から思わぬ恨みを買うこともあるし、下手に藩の内紛などに首をつっこめば命がいくつあっても足りなくなる。

介錯や追手など、人命を奪う仕事は、念のため依頼人から事情を聞くことにしていたのだ。

「藩の不名誉なれば、仔細《しさい》は申し上げかねるが、屠腹《とふく》する者は私闘にて上司を斬った咎人《とがにん》にござる。本来なら斬首にいたすところなれど、たっての願いが叶い、切腹が許された者ゆえ、ご懸念にはおよびませぬ」

「なれば……」

唐十郎は引き受ける気になっていた。

首を刎ねたことで、後難が唐十郎の身に降りかかってこなければいいのである。藩内の不祥事や家門の恥まで聞きたいとは思わない。

「さっそくのご承引《しょういん》、誠にかたじけなく。……なれど、狩谷どの、今度の切腹の処置は極秘ゆえ、他言《たごん》無用に願いたいが」

「心得てござる」

めずらしいことではなかった。介錯や追手の場合、藩士や家臣の私闘、勢力争いなどが原因のことが多い。見苦しい喧嘩《けんか》や生臭いお家騒動など、部外者に知られたくない気持ちは分かる。

「されば、即刻、ご用意をお願いしたいが」

「これから……」

唐十郎は驚いて訊き返した。

まさか、今日のこととは思っていなかったのだ。

「さよう、おもてに駕籠《かご》も用意してござる」

太田は落ち着かぬように背後を振り返った。

「か、かまわぬが……」

手回しがいい。駕籠も同行して来たらしいのだ。

唐十郎は慌《あわ》てて、介添《かいぞ》え役として門人をひとり同道したい、といった。介錯の介添え役は、通常、弥次郎がつとめていたのだ。

「いや、介添え役なれば、当家の者が……。狩谷どの、お察しくだされ。なんとしても、外部に漏《も》れることを防がねばならぬのです」

太田は顔をこわばらせていった。

ふたりより、ひとりの方が秘密は保てるということらしい。

「……………」

それほどまでに秘密にしたいなら、家臣に介錯させればよいではないか、と思ったが、唐十郎は黙っていた。

市井の介錯人に依頼せねばならぬ特別な事情があるのであろう、と推察したからだ。

「さァ、すぐに……」

急《せ》かせる太田のこわばった顔に、唐十郎は一抹《いちまつ》の危惧《きぐ》を覚えた。

ふと、このまま帰れぬかもしれぬ、との思いが頭を過《よぎ》ったが、唐十郎は祐広をつかんで立ちあがった。市井の痩牢人《やせろうにん》（浪人）ひとり、策を弄《ろう》してまで始末したいと考える藩などあるはずがない、と思いなおしたのだ。

それに、当面の暮らしのための金も欲しかった。

4

町駕籠ではなかった。引戸のついた黒塗りの権門《けんもん》駕籠だった。見ると、三方の窓が塞がれている。簾《すだれ》の内側に黒布を張ったらしい。

介錯時に着用する無紋《むもん》の裃《かみしも》を包んだ風呂敷をかかえたまま、唐十郎が乗り込むのを躊躇《ちゆうちよ》していると、

「ご、不審はもっともでござるが、屋敷の所在を知られたくないため、このような処置を……。ことが済めば、この駕籠にてご門前までお送りいたす所存でござる」

と太田は、苦渋《くじゆう》に顔を歪《ゆが》め慌てていった。

やはり、ただの切腹の介錯ではないようだ、と唐十郎は思ったが、苦笑したまま駕籠に乗り込んだ。

唐十郎の命が目的とも思えなかった。殺したいなら、刺客《しかく》に寝込みでも襲わせればいいはずだ。これほど手の込んだことを必要とはしない。

それに、乗りかかった船である。どこへ連れていくのか、多少、好奇心もわいたのである。

駕籠は町中を進んでいるらしく、しばらく人声や馬蹄のひびきなどが聞こえていたが、やがて静かになると、流れ込む風のなかにかすかに藻汐《もじお》の匂いが感じられた。

(……大川のようだな)

川岸に沿って進んでいるらしく、ときおり石垣を打つ波音や鴎《かもめ》の鳴き声、舟の艪《ろ》

音《おと》なども聞こえた。

一時《いっとき》（二時間）ほども乗ったろうか。駕籠は目的地に着いたらしく、静かに下ろされた。

「お降りくだされ」

太田の声で外に出て見ると、駕籠は武家屋敷の玄関の前に着いていた。

入母屋破風《いりもやはふ》の玄関には広い式台があり、若い腰元ふたりと用人ふうの老齢の武士が出迎えていた。広大な屋敷ではなかったが、欄間《らんま》の彫刻や式台之間《しきだいのま》の華麗な屏風《びょうぶ》などから、贅《ぜい》を尽くした造りであることが見てとれた。

ただ、家臣の住む長屋などは少ないらしく、屋敷内は森閑《しんかん》としていた。隠居した大名の住む中屋敷か、身分のある旗本が密《ひそ》かに建てた別邸ではないかと思われた。

出迎えた老齢の武士は清水勘介《しみずかんすけ》とだけ名乗り、身分を明かさなかった。顔に醜い染《しみ》が浮き、腰もまがっていた。

「しばらくご休息いただき、半時《はんとき》（一時間）ほどのち、ご介錯たまわりたいが」

そういって、唐十郎を式台之間のわきにある座敷に案内した。

そこで、用意した無紋の着物に裃を着けて、腰元の運んできた茶を喫《きっ》して待つと、

「用意が整いましたので、ご同行くだされ」

と清水が庭に案内した。

白砂《はくしゃ》の敷かれた美しい庭園だった。それほどの広さはなかったが、サツキ、ツツジなどの生垣と松、紅葉《もみじ》などの庭木が巨岩の間に巧《たく》みに配され、みごとな枯山水《かれさんすい》を造りだしていた。

庭木の向こうに蒼穹《そうきゅう》が広がり、数羽の白い鴎が風に乗ってゆっくりと上下しているのが見えた。どうやら、屋敷の先は大川らしい。風のなかに、駕籠の中で嗅いだ藻汐の匂いがあった。

清水の話によると、建物は表屋敷と裏屋敷、それに廊下でつながった離れがあるという。小大名の藩邸らしかったが、藩士の住む長屋や小屋などは目につかず、その規模と川縁《かわべり》にあることから推測して、藩主の療養や隠居所として建てられた別邸ではないかと思われた。

表屋敷の前に白幕が張られ、幕内を見ると、作法通りの切腹場ができていた。

まず、一丈《じょう》（約三・〇三メートル）四方ほどに砂がまかれ、その上に縁《ふち》どりのない畳二枚が敷きならべられている。さらに、畳には浅黄色《あさぎいろ》の布団《ふとん》が敷かれ、その上に小砂がまかれていた。

白布を用いないのは、屠腹者の血で汚さないためだとされている。

この切腹席の背後の幕外にむしろが敷かれ、白張りの屏風が立てられて、その陰に介添え人や屍体《したい》を片付ける中間《ちゅうげん》たちが数人控えていた。

唐十郎も声がかかるまで、そこで控えることになるが、まず、正面に進み出て一礼した。

顔を上げると、検視役だろうか、清水と太田が正面の廊下の左右に顔をこわばらせて座していた。

切腹場に面した廊下の奥の座敷には御簾《みす》が降り、薄暗い正面の高座にひとり、座敷の左右に居流れている数人の姿が見えたが、どのような身分の人々なのか識別できなかった。

ただ、このような場にふさわしくない華《はな》やいだ色彩の着物と、ぼんやりしたその輪郭から、高貴な女性、との印象をもった。

御簾の中には異様な雰囲気がただよっていた。押し殺したような沈黙のなかに、無数のからみつくような好奇の目が唐十郎に注がれていた。いずれも、女の目だ。屋敷内は暗いが屋外が明るいため、中からは見えるにちがいない。

唐十郎は自分に注がれた目から逃れるように慌てて後ずさり、控えの場にもどった。

やがて、取り次ぎらしい武士から、

「小杉半之丞《こすぎはんのじょう》どの、出ませい」

と声がかかった。

切腹者の名は小杉というらしい。その声を聞いた唐十郎は、すぐに袴の股《もも》だちを取り袷をはねて出ると、切腹者の座る席の背後に片膝をついて待った。

小杉は二十歳前後の色白の痩せた武士だった。表情はかたく目は虚《うつ》ろだったが、すでに、切腹の覚悟はできていると見え、動揺した表情は見えなかった。

作法通り白衣に水色無紋の袷を着けた小杉は設けられた席に座すと、正面に力なく一礼した。

唐十郎はしずかに小杉の背後に愛刀、祐広を右手に提《さ》げて立った。

「……狩谷唐十郎と申します。これなるは、備前一文字《びぜんいちもんじ》祐広、二尺一寸七分。介錯仕《つかまつ》ります」

「かたじけない」

小杉は抑揚のない声でいい、末期《まつご》の水を口に運んだあと、袷をはねてもろ肌を脱ぎ腹部を押し広げた。

すかさず、唐十郎は抜刀し、控えている介添え役の前に刀身を差し出す。介添え役が、柄杓《ひしやく》で刀身に水をかける。

「何か、御遺言《ゆいごん》がござれば、お聞きいたすが」

「いや、ない……」

小杉はそういってわずかに首を捻《ひね》り、御簾の方に視線を投げると、お許しを……、とつぶやくようにいった。

そのとき、小杉の眼差《まなざ》しが切なそうな光を宿したのを、唐十郎は見逃さなかった。どうやら御簾の中の女に多少の未練があるようだ。

だが、小杉はすぐに表情を消し、正面に視線を戻して静止した。股の上に置かれた右手の指が小刻みに動いている。震えではない。

（……指先を使う仕事に携《たずさ》わっていたようだ）

唐十郎は、死を直前にした屠腹者が、仕事上身についた癖や慣れ親しんだ道具を扱う体の動きが、無意識裡《り》に出ることを知っていた。

小杉の指の動きはすぐにとまった。思い切ったように、三方《さんぼう》に載せられた九寸五分の白鞘の短刀に手を伸ばしたとき、唐十郎は両肘をあげ高い八双《はっそう》に構えた。

唐十郎の全身に剣気が漲《みなぎ》り、白皙《はくせき》な顔容《かんばせ》に朱がさした。

小杉は奉書紙を巻いた抜き身を逆手《さかて》に持ち、左手で下腹部を撫《な》ぜてから切っ先を左腹にあてた。

わずかに上体が前にたおれ、首筋が顫《ふる》えたが、呻《うめ》き声ももらさなかった。フッ、と一息吐いたあと、小杉は全身を硬直させ真一文字に腹を掻き切った。

一瞬、唐十郎のひきしまった秀麗な面《おもて》貌に悽愴《せいそう》の翳《かげ》がさしたが、ヤアッ！という鋭い気合とともに祐広が一閃した。

ゴッ、という頸骨《けいこつ》を断つ音がし、黒い鞠《まり》のように首が飛んで布団の上に転がった。

次の瞬間、首根からビューと音をたてて、血が赤い帯のように前にはしった。

真っ赤な鮮血が血管《ちくだ》から勢いよく噴出した様子は、赤い帯が伸びたように見え、まさにはしったようであった。

首を失った上体はそのまま前に倒れ、首根から、ビュッ、ビュッと音をさせて浅黄《あさぎ》色の布団に鮮血を撒き散らし、真紅の斑《まだら》を広げていった。首のない胴が、体内に残っている生命を押し出すように、ビクッ、ビクッと痙攣《けいれん》し、そのつど首根から鮮血が迸《ほとばし》り出た。

屍体からたち昇ってきた血の濃臭が、切腹場をつつみ込んだ。

唐十郎はしずかに息を吐き、血に濡れた刀身を介添え役の前に差し出して柄杓で水をかけさせた。

唐十郎は首を刎ねる前の昂《たか》ぶった心を、斬心《ざんしん》と呼んでいたが、その斬心が潮のように引いていくと、一時《いっとき》意識の外にあった周囲の気配が蘇《よみがえ》ってきた。

御簾の中がざわめいていた。

悲鳴とも感嘆ともとれる声がいくつも起こり、座した人々が身動きしているらしく、華麗な着物が薄闇の中で揺れていた。

「お、おみごと……」

清水が慌てて立ちあがり、声をつまらせながら控えていた中間たちに屍体を片付けるよう指示した。

「狩谷どの、誠にみごとなお手並み、感服仕《つかまつ》った。……酒肴も用意してござれば、しばし、ご休息くだされ」

そういって、清水は唐十郎に着替えさせたあと、裏屋敷の奥の間へ案内した。

5

御殿と呼ぶにふさわしい豪奢《ごうしゃ》な座敷であった。

欄間《らんま》にはみごとな彫刻が施《ほどこ》され、高い天井の格間には華麗な彩色画が描かれていた。襖《ふすま》絵は金地に、桜、紅葉、菊などが華やかな彩色で描かれ、まばゆいばかりであった。

だが、屋敷の主《あるじ》が座るはずの上段の間に人の姿はなかった。唐十郎を饗応したのは、清水と腰元のふたりだった。

推測どおり、幕閣の要職にいる旗本か大名の屋敷なのだろう。腰元の立ち居には、気品と優雅さがあった。

腰元は勝江《かつえ》と名乗った。

唐十郎の前の膳には、杯《さかずき》と銚子《ちょうし》、それに小鯛《こだい》の塩焼き、酢の物、香の物、汁椀などが並んでいた。

膳には桜模様の蒔絵《まきえ》が描かれていたが、家名を隠すためなのであろう、膳や椀、酒器などに家紋のある品がまったくなかった。

「狩谷どの、お寛《くつろ》ぎくだされ。当家の主も、やがてお見えになられましょうが、まずは一献《いっこん》」

清水が朱塗りの銚子を差し出したとき、

「……御簾の中におられたのは、女人《にょにん》のように見えましたが」

唐十郎は杯で酒を受けながら、それとなく訊いた。

「い、いや……。のちほど、お会いいただけますれば……」

清水は慌てた様子で、あいまいに応じた。

一時《いっとき》（二時間）ほど、清水を相手に杯を重ねていたが、当主の現われる気配もないので、唐十郎は腰を上げようとした。すでに、五ツ（午後八時）は過ぎている。酔いもまわっていた。

「し、しばし……」

清水は苦渋の表情で、そばにいた勝江に目で合図した。

心得たようにうなずいて勝江は立ち上がり襖から消えたが、すぐに戻ってきて、

「奥方様が、離れの間にてお待ちにございまする」

とうわずった声で伝えた。

唐十郎が不審に思い、清水の方を振り返ると、

「さァ、さ、ともかく、お目通りくだされ」

と立ち上がって、唐十郎をうながした。

一瞬、清水は皺《しわ》の多い顔を困惑したように歪めたが、口元に卑猥《ひわい》な嗤《わら》いが浮いたのを唐十郎は見逃さなかった。見ると、頰を赤らめている勝江の目の輝きにも、かすかな色情の昂《たか》ぶりがある。

（……酒肴の次は色じかけか）

どうやら、だまし討ちの気配はないようだ。

奥方様とは、介錯のおり御簾の奥の高座から唐十郎にからみつくような視線を送っていた女にちがいない。

どのような女性《にょしょう》なのか、拝顔してみよう、唐十郎はそう思って立ち上がった。

廊下に出ると、勝江が唐十郎を案内し、清水は老体を引きずるように表屋敷の方へ戻っていった。

長い廊下を歩き、離れと呼ばれた屋敷の奥座敷の襖の前で勝江はひざまずいた。香を炷《た》いているのか。かすかに、心地よい匂いが流れてくる。

「……入りゃ」

ほそい女の声がした。

襖を開け、勝江は唐十郎に入るよううながした。

見ると、座敷は淡い緋《ひ》色の光と靄《もや》のような香の薄煙が混濁し、渦巻いていた。緋色の光は座敷の四隅にある燭台《しょくだい》の火で、座敷をぼんやりと浮かび上がらせていた。

それにしても部屋の中が火のように赤々としている。渦巻く煙のせいもあるのか、まるで、火炎につつまれているようだ。

どうやら、紅蓮の炎につつまれているように感ずるのは、襖絵と屏風絵にあるようだ。

襖絵は金地に朱や赤、青などの極彩色《ごくさいしき》を使って紅葉《もみじ》や牡丹《ぼたん》が一面に描かれていた。また、座敷の隅に立てられた屏風には、武者集団に襲われ炎上する京洛の様子が描写されていた。御殿から吹き出す紅蓮の炎、暴れ狂う牛車《ぎっしゃ》、逃げまどう公家や女官たち。斬り裂かれ、髪が燃え、首が転がり、折り重なる屍体に鴉《からす》が群がっていた。

まさに地獄絵だった。

その地獄絵を背後にして、女がひとり座していた。白の薄絹に紅裏《もみうら》の寝間着、おすべらかしの髪。陶器のように肌の白い嬌艶《きょうえん》な女だった。身分は分からぬが上臈《じょうろう》であることはまちがいない。女のその膝先に布団が敷かれ、上掛けの夜着は紅綸子《べにりんず》地に金糸銀糸の紅葉模様《もよう》を散らしていた。

妖艶《ようえん》な部屋の雰囲気によるのか、あるいは炷かれている香に催淫作用でもあるのか。胸のあたりだけがカッと熱く、体はうっとりした気分につつまれている。

女は引き込むような目をして、

「そちの、名は」

と唐十郎を見つめながら訊いた。

「狩谷唐十郎と申します」

唐十郎は襖のそばに座して応《こた》えた。

「唐十郎、役者のような名じゃ。近《ち》こう寄れ」

「……………」

唐十郎が控えていた勝江の方を振り向くと、すでに屏風の陰にまわっている。シュルシュルと帯を解く音が聞こえた。寝間着に着替えているらしい。勝江が添い寝役なのだろう。

「早《は》よう」

女にうながされて唐十郎は、布団の近くまで膝行《しっこう》した。すでに、体が燃えるように熱くなっていた。

「もそっと、近こう」

女は焦《じ》れたようにいい、自ら膝を寄せると、唐十郎の手を取った。

「そちは、女子《おなご》は嫌いか……」

取った手を胸に押し当てて、細い目で舐《な》めるように見た。

「いえ……」

「ならば、今宵は楽しむがよい。わらわを好きなように弄《もてあそ》んでよいぞ。……ここは紅蓮屋敷じゃ。身も心も焦《こ》がす紅蓮の炎の中じゃ。……ほれ、わらわの身も火のように、燃えておろう」

ふいに、女は唐十郎の手を寝間着の襟元から侵入させ、乳房を触れさせた。

蠟《ろう》のようなすべやかな肌だった。乳房は痩身にしては豊かで、乳首は南天《なんてん》の実のようにかたかった。

女はのけ反《ぞ》るように首を伸ばし呻《うめ》くような吐息をもらしたあと、唐十郎にからみついてきた。

「ごめん」

唐十郎も自制がきかなくなっていた。女を抱きとめ夜着の上に押し倒して覆《おお》いかぶさった。女の帯を引きむしるように解き、寝間着をはぎ取って裸に剝《む》いた。

「おおッ！　なぶれ、わらわをなぶれ。……血じゃ。血じゃ。逆る血じゃ。……犯せ、わらわを犯せ。……焦がせ、紅蓮の炎でわらわの身を、焼き尽くすのじゃ！」

女は何かに憑《つ》かれたように甲高い声をあげながら蛇のように身をくねらせ、吸い付くように肌をからませてきた。

唐十郎は焼き尽くすような情欲に身をまかせ、奥方と呼ばれた女が見せる狂態に我を忘れた。

（……まだ、生きているようだ）

唐十郎は目を覚ました。

どうやら、女との狂ったような房事のあと、そのまま眠ってしまったようだ。

欄間の彫刻の隙間からわずかな光が差し込み、部屋をぼんやり浮かび上がらせていた。わずかに香と女の匂いが残っていたが、その姿はなかった。

（あれは、桃源郷《とうげんきょう》であったのか、それとも、地獄であったのか……）

唐十郎は、邪淫《じゃいん》の後の不快感を払うように首を振った。

薄闇の中で華麗な色彩を失い、どす黒く見える地獄絵や夜着に目をやって、唐十郎は女の狂態をあらためて思い出した。

（あの女、色情狂ではあるまいか）

唐十郎は、血を見ることで性的興奮を得る変態性癖の持ち主ではないかと思った。御簾の中から切腹の様子を見ていたのはそのためにちがいない。はじめから、閨《ねや》に引き入れるつもりで、市井の試刀家を介錯人に依頼したのだろう。家名も屋敷の所在地も秘匿するのは、こうした乱行を露見させないための処置ではないか。

(だが、このままでは済むまい……)

唐十郎がそう思ったとき、廊下を歩く足音がした。

「お目覚めでございますか」

廊下から女の声がした。

勝江だった。昨夜の閨の狂態を添い寝役として監視していたはずである。

衣類を整えて襖を開けると、虎之間《とらのま》で清水様がお待ち申しております、と勝江は表情を動かさずにいった。

勝江に訊くと、虎之間というのは、昨日裃に着替えた式台之間のわきにある座敷とのことだった。顔を洗い、口をすすいだあと、勝江の案内で虎之間に足を運んだ。

途中の廊下から外を見ると、すでに昼ごろらしく日は中天にあった。切腹場のあった白砂が夏の強い陽射しを撥ねて輝いていた。

昨日の凄惨な切腹場の痕跡はなく、きれいに掃き清められていた。

「いかが、お目覚めかな」

清水の口元に昨夜見た卑猥な嗤いが浮いていた。どうやら、ことの子細を承知しているようだ。

「思わぬ、歓待を受けた」

いいながら、唐十郎は清水の前に座した。

「それは、それは……」

「昨夜の女性《によしよう》の名も、当家の所在も問うまい」

「それが、ようござる。……されば、狩谷どの」

清水は、老人特有の染の浮いた顔を突き出すようにし、

「奥方様も、貴公のことをいたくお気に召した御様子。いかがでござろう、しばらく、当家に滞在されては」

と、心底を覗くような目をして訊いた。

「……い、いや。ご遠慮仕ろう」

この屋敷に長居は危険だった。贅沢な酒肴、貴婦人との異常な性の愉悦。まさに、桃源郷だが、己が異常な性癖を持った女の性具にすぎないことを唐十郎は感じとっていた。その性具に飽きれば、容赦なく抹殺されるであろう。檻《おり》の中に捕らえられた淫獣の生贄《いけにえ》にすぎないのだ。

「奥方様は、貴公をしばらく屋敷に滞在させたいと仰《おお》せられておるが……」

「昨夜のことは夢幻《ゆめまぼろし》にござれば……」

唐十郎は固辞した。

「貴公にその気がないのでは、いたしかたあるまいな」

一瞬、清水の双眸《そうぼう》に刺すような鋭さが宿ったが、すぐに表情を消し、

「なれば、昨夜のこと、他言無用に願いたいが……」

といいながら、懐から袱紗《ふくさ》包みをとりだした。

「承知……」

「これは、介錯の御礼と口止め料でござる。念のため、日が落ちてから昨日の駕籠にて松永町までお送りいたす」

清水は袱紗包みを唐十郎の膝先へ押し出した。

「………」

ずっしりと重い。三十両はありそうだ。唐十郎は懐に包みを押しこんだ。

6

(……妙だな)

唐十郎は祐広を引き寄せ、駕籠の中から飛び出せる体勢をとった。

駕籠に乗って屋敷を出てから半時《はんとき》(一時間)ほど経ったとき、ふいに駕籠が止ま

り、地面に置かれたのだ。まだ、神田松永町に着くには早過ぎる。

駕籠から去っていくらしい足音がした。駕籠かきが逃げ出したようだ。

唐十郎はいそいで駕籠から出た。駕籠の外から槍で突かれる恐れがあったのだ。だが、辺りに人のいる気配はなかった。

風があった。夏草が白い葉裏を見せてそよいでいる。大川の土手らしく、川岸に植えられた柳の向こうに月明かりに光る川面があった。

浅草花川戸町あたりであろうか、大川の前方に吾妻橋が見えた。人気《ひとけ》のない寂しい地である。

唐十郎は、紅蓮屋敷から追手がかかったことを察知した。

(……さて、鬼が出るか、蛇が出るか)

唐十郎は祐広の鯉口を切った。

そのとき、背後で足音がした。振り返ると、川風に枝葉の流れる柳並木の下に、走り寄る人影がある。迅《はや》い。常人の迅さではなかった。

黒装束。地を這うように背が低い。夜陰を疾駆する狼のようだ。

(ひとりか!)

唐十郎は居合腰に落とし、抜刀の体勢をとった。

近付いてくる人影は、手に短い槍のような物を持っていた。唐十郎は襲撃者の得物が、手突矢、と察知し、投擲《とうてき》に応ずるよう身構えた。

だが、黒装束の男は三間ほどの間合を置いて足をとめると、右手に持った手突矢の先を地面につけるような構えをとった。顎《あご》が尖り、口が裂けたように大きい。妖異な面貌の男だった。

「小宮山流居合、狩谷唐十郎」

「十貫《じっかん》流、手突矢」

低い声で応じた。

「うぬの名は」

「天狐」

「おぬし、忍びか」

唐十郎はその特種な得物と走り寄る迅さから、忍びの達者だろうと推測したのだ。

「地獄の使者よ」

そういうと、低く身構えた全身に激しい殺気が漲《みなぎ》った。

突いてくるか、投げるのか。

唐十郎は柄に手を添え、抜刀の体勢をとったまま、観《かん》の目《め》（遠山を眺めるように見る）で、天狐の全身と手突矢をとらえていた。動きを見るというより、攻撃の起こりを感知するためである。

天狐は、爪先で地を這うように前進し、一間半ほどに間合がつまったとき、ヒョウ！という鋭い叫び声とともに黒い体を前に跳躍させた。

ヤッ！

刹那、裂帛《れっぱく》の気合とともに唐十郎の祐広が水平にきらめいた。

小宮山流居合、稲妻《いなずま》――。

上段に踏み込んできた敵に、抜きつけの一刀を横一文字に払い、胴を薙《な》ぎ斬る。片手斬りのため一尺は切っ先がのびるが、一瞬の遅れで敵の攻撃をまともに受けることにもなる。間積《まづも》りと拍子が命の一撃必殺の技である。

その稲妻を、唐十郎は一尺ほど高く抜きつけた。

鋭い敵の突進をとめるためであった。

祐広の切っ先は、刃唸りをたてて天狐の鼻先をかすめた。

イヤオッ！

前への跳躍をとめられた天狐は奇妙な叫び声をあげると、その場で大きく跳び上がり、空中でクルリと回転した。

その瞬間、腰を落とした唐十郎の頭上から手突矢が飛来した。

が、唐十郎は横一文字に払った刀身を返し、手突矢を払い落とした。しかも、間髪《かんはつ》をいれず、着地した天狐との斬撃の間に一気に走り寄った。

小宮山流居合は一度抜刀すると、動きは迅い。流れるような体捌《たいさば》きで、敵を仕留めるまで次々に攻撃をくり出す。

天狐の顔に、驚愕の表情がはしったときだった。唐十郎の背後で、ザザザッ、と叢《くさむら》を分ける音がした。

ハッとして後ろを振り返ると、六尺余（一尺は約三〇センチ）もあろうかと思われる魁偉《かいい》な風貌の男が、三間ほどの間をおいて立っていた。目鼻が異様に大きく、双眸が猛々《たけだけ》しい獣のような光を放っていた。

手に身の丈《たけ》ほどの金剛杖《こんごうじょう》のようなものを持っている。それが武器らしい。黒の筒《つつ》袖《そで》に裁付《たつつけ》袴。天狐と同じ装束だが、さらに裾の短い墨染《すみぞめ》の法衣《ほうえ》のようなものをまとい、荒縄で腰を縛っている。

「うぬも仲間か」

唐十郎は半身《はんみ》に構えた。

「地狐《ちこ》よ」

「地狐……。そうか、うぬらの仕業か」

唐十郎は、ふたりが昨今江戸の巷《ちまた》を騒がせている斬殺者であることを察知した。

地狐は金剛杖を右手に持ち盾《たて》のように構えると、八の字を描くように大きく回しはじめた。

「十貫流杖術《じようじゆつ》、鳥影《とりかげ》……受けて見よ」

八の字の回転はしだいに迅くなり、びゅんびゅんと大気を裂く音がひびいた。

自在に回転する金剛杖は、どこから攻撃を仕掛けてくるのか読みづらい。

杖の両端に黒い鉄輪が嵌《は》められ、それが回転とともに黒鳥が飛び交うように見える。鳥影とは、この無数に飛行する鳥の影のように見えることから名付けられたようだ。

唐十郎は腰を落とし、切っ先を敵の膝先につける下段に構えた。

居合にとって、抜刀の一撃が命である。すでに抜いている唐十郎は、「逆風《ぎやくふう》」で応じようとした。

本来の逆風は、槍や薙刀《なぎなた》などの長柄《ながえ》の敵に対し、身を低くして踏み込んでくる敵の膝先を狙って抜きつけ、逆袈裟《ぎやくけさ》に斬り上げるものである。

つまり、逆風の拍子と間積りで、地狐が打ち込んでくる膝先へ下段から斬り上げようとしたのだ。

だが、地狐は唐十郎の構えなど意に介さぬように、グイグイと間合をせばめてきた。その顔面に嘲弄するような嗤いが浮いている。

（大胆不敵な……）

唐十郎は、地狐の恐れを知らぬ強い自信に不気味なものを感じた。

しかも、唐十郎は、背後に天狐が迫っているのも感知していた。手突矢を拾い右肩に担ぐように構えている。唐十郎の動きの隙《すき》をとらえて、投げるつもりのようだ。

（……待《たい》では勝てぬ）

待とは待ちである。先に敵に攻撃させ、その動きを読んで応じて勝つのである。

だが、唐十郎は自分から仕掛け、激しい動きのなかで隙をつかなければ、前後から迫るふたりの敵に対して勝機はないと判断したのだ。

イヤアッ！

裂帛の気合を発しながら、唐十郎は鋭い寄り身で一気に地狐に迫った。

斬撃の間のわずか手前で、唐十郎は下段から逆袈裟に斬り上げた。敵の攻撃を誘発するための捨太刀《すてたち》だった。

唐十郎の剣は、地狐の膝先をかすめた。同時に、唸りをあげて地狐の金剛杖が唐十郎の肩口に振り下ろされる。

唐十郎は斬り上げた太刀でその打撃を払い、刀身を返して擦《す》れ違いざま胴を抜いた。鋭い寄り身のなかで見せた唐十郎の流れるような連続技である。

抜き胴が決まった、と感知した刹那、ガッ、と岩でもたたいたような音がし、祐広が撥ね返った。

「着込《きこ》みか！」

唐十郎は、地狐が筒袖の下に着込みを隠していることを知った。地狐の強い自信はこの着込みによるものらしい。

「うぬの命、地狐がもらった！」

地狐はバサバサと黒い法衣をひるがえしながら、金剛杖を打ち込んできた。

堅牢な着込みで守られた地狐の巨軀は、まさに不死身だった。しかも巌《いわお》のような迫力と、敏捷《びんしょう》さがあった。

びゅんびゅんと唸りをあげ、黒い鳥影が次々に飛来し、唐十郎を襲う。

頭上、左右の袈裟、胸部への突き、足払い……。変幻自在の金剛杖の打突に、唐十郎はみるみる土手の際《きわ》まで追いつめられた。

川岸には一間ほどの高さの石垣があり、大川の水が打ち寄せていた。

川に身をおどらせることもできなかった。地を蹴った瞬間、右手にまわった天狐の手突矢が放たれるはずである。

地狐の激しい打突に、唐十郎は応じられなくなってきていた。肩口への打撃が肩先をとらえ、足払いが脛《すね》の皮を破っていた。

(……これまでか!)

そう観念したときだった。

「川へ! 唐十郎様、川へ」

と鋭い女の声がした。

柳の樹陰の方からの声だった。その声と同時に大気を裂く音がし、手裏剣が右手にいた天狐を襲った。

天狐が手突矢を振りまわして飛来する手裏剣を払う一瞬の隙をついて、唐十郎は川面に身を躍らせた。

7

唐十郎の危機を救ったのは咲《さき》である。

咲は幕府明屋敷番伊賀者組頭《あけやしきばんいがものくみがしら》、相良甲蔵《さがらこうぞう》の娘で、忍びである。これまで、唐十郎は南町奉行だった鳥居耀蔵《とりいようぞう》の陰謀を暴《あば》くために、何度か相良たちと行動を共にしたことがあった（『鬼哭の剣』／『妖《あやか》し陽炎《かげろう》の剣』ともに祥伝社文庫）。その際、咲と情を通じ合い、ときおり松永町の道場にも顔を見せる間柄になっていた。

この頃、伊賀や甲賀の者たちは、江戸城大奥の警備や空屋敷《あきやしき》の管理などが主な仕事で、戦国時代や江戸幕府初期のように間諜《かんちょう》や隠密としての任務につくようなことはなかった。

暮らしぶりも他の旗本や御家人《ごけにん》とかわらず、忍びの術を伝えているような者はごくまれであった。

相良甲蔵は、そのまれな伊賀者のひとりで妖猿《ばけざる》と呼ばれる忍びの達者だった。相良は伊賀者の中から忍びの術を伝えている者を選び出し密かに組織して、老中の命を受けて隠密御用を勤めていたのだ。

むろん、公儀隠密として将軍直属の御庭番《おにわばん》がいたが、相良たちは江戸から離れず、幕閣の要職にある者の行状を探ったり、江戸市中の不穏な動きを偵察したりするのが主な任務だった。

いわば、老中直属の隠密といえた。

「……唐十郎様、舟へ」

吾妻橋の手前まで泳いだとき、上流から猪牙舟が近付いてきた。艪《ろ》を漕いでいるのは、忍び装束に身をつつんだ咲である。

「かたじけない」

唐十郎は艫《とも》から舟上に上がった。

「危ういところでございました」

咲は艪を漕ぐ手をとめて、お怪我はありませぬか、と訊いた。

「……ない。それにしても、あのような妖者《ばけもの》が待っているとは思わなかった」

「昨今、江戸を騒がせている天狐と地狐にございますね」

「そのようだ」

唐十郎は昨日からの経緯を簡単に話した。むろん、奥方様と呼ばれていた妖艶な女との房事のことははぶいた。

「紅蓮屋敷と、仰せられましたか……」

咲は唐十郎から女が口にした屋敷名を聞いたとき、怪訝な顔をした。

「……あの屋敷へ誘い込まれたのは、おれがはじめてではあるまい」

唐十郎は、屋敷の主は大名の奥方と思われる魔性の女だと咲に伝えた。

「すると、今まで殺された三人の武士も、同様な誘いを受けたのでしょうか」

「そう見てよさそうだな」

「事件の鍵は、その屋敷にあるようでございます」

「妖者の巣くう伏魔殿《ふくまでん》かもしれぬな」

「伏魔殿……」

咲は眉根を寄せて唐十郎の顔を見た。

「ところで、咲、なぜ、あのような場所に」

偶然にしてはできすぎていたし、すぐに猪牙舟を漕ぎ寄せたことからみても、咲が尾行していたような気がしたのだ。

「はい、今戸《いまど》町あたりから舟で尾《つ》けていました」

咲の話によると、老中、阿部正弘《あべまさひろ》の命を受けて江戸で頻発している名門道場の門弟の斬殺事件を探っているという。

「ですが、直接、お指図いただいているのは、伊予守《いよのかみ》様にございます」

老中の要職にある阿部が直接相良にあって下命するのはまれで、阿部の懐刀《ふところがたな》として幕政を担《にな》っている旗本、綾部《あやべ》伊予守の指示で動くことが多いことは、唐十郎も知っていた。

「それにしても、ご老中がかかわりをもつような事件とは思えぬが」

町奉行か、せいぜい旗本や御家人の行状を探る徒目付《かちめつけ》か小人目付《こびとめつけ》の仕事である。幕政の中核にいる老中が手を出すような事件とも思えない。

「子細は存じませぬが、政事《まつりごと》とのかかわりではなく、阿部様の私事のようだと聞いております」

咲は舳先《へさき》を神田川へと向けた。

どうやら、唐十郎の家のちかくまで送るつもりらしい。

「それで、何を調べている」

唐十郎が訊いた。

「何者が、どのような目的で、門人たちを斬っているか、まず、それを調べよと」

「うむ……」

唐十郎は、あの奥方様と呼ばれる女の偏執的な情欲を満たすためと、その乱行を露見させないための口封じではないかと思ったが、腑《ふ》に落ちないこともあった。紅蓮屋敷と呼ぶ絢爛《けんらん》豪華な屋敷や天狐、地狐と呼ばれる忍びの暗躍など、あまりにも異常で奇怪な出来事であった。

今にして思えば、あの小杉の切腹さえも変態性癖の生贄《いけにえ》だったのかもしれない。かりに、奥方様と呼ばれた女が、大名や大身の旗本の奥方か側室であったとしても、あれほど外道《げどう》な行ないを秘密裡につづけることはむずかしい気がしたのだ。

「それにしても、なぜ、あのような場所に」

「はい、これまでに斬られた三人ですが、戸塚五郎太が浅草駒形町《こまがたちよう》、長谷川八郎が本所北本町《きたもとちよう》、そして、河内進之助が本所の枕橋付近。いずれも大川の岸近くでございます。われらは、大川につながるどこかで、次の事件はおこると思慮いたし、ここ数日川筋を探っていたのでございます」

そうした折、花川戸の土手を急ぎ足で過ぎる怪しい駕籠を発見し、猪牙舟を操《あやつ》って後を尾けたという。

「そういうことか……」

唐十郎は舟底に立つと、ふいに帯を解いた。

下帯《したおび》ひとつになった唐十郎を見て、咲は驚いたように目を剝いたが、すぐに頬を染めて、視線をそらした。

「濡れ鼠《ねずみ》だ。水を滴《したた》らせて町中を歩くわけにもいくまい」

唐十郎はそういって、水をふくんだ小袖を絞った。

唐十郎の家は神田松永町にある。神田川にかかる和泉橋《いずみ》近くの船着場から十町ほどだが、途中、佐久間町《さくま》の料理屋や飲み屋などの連なる賑《にぎ》やかな通りがあった。すでに、四ツ（午後十時）は過ぎているが、まだ店は開いているはずである。ずぶ濡れのまま通ったら、人目を引くだろうと思ったのだ。

「咲が着替えをお持ちいたしましょうか」

「いや、いい。……こうすれば、気付かれまい」

唐十郎は絞った着物の襟元をつかんで、バサバサとうち振って皺《しわ》を伸ばし、袖に腕を通して帯を締めなおした。

その様子を見ながら、咲は口元に微笑を浮かべ、

「夏とはいえ、風邪をひかれますよ……」

と、優しい女の声でいった。

唐十郎だけに聞こえるちいさな含み声には、愛《いと》しい男にたいする女の情愛がこもっていた。

唐十郎はかすかに頬を赤らめたまま舟を操る咲を見ながら、また、いちだんと美しくなった、と思った。

初めて咲と会ったのは三年前、咲が十五のときだが、そのときは気丈な少年のような娘だった。清楚な美しさはあったが、生娘《きむすめ》の青臭い硬さもあった。

それが、何度か肌を重ねるうちに、蕾《つぼみ》から開花するように女のしっとりとした美しさを見せはじめ、色香を放つようになったのだ。そして、今は成熟した女の魅力と、男を包み込むような優しさに溢《あふ》れていた。

(……それにしても、あの女とはちがう)

唐十郎は、紅蓮屋敷で抱いた女の肌を思い出した。

まだ、体の芯には疲労と不快感が残っていた。まさに、魔性の女だった。異常な女の情欲の炎に焼かれ、夢幻のなかでの情交《まぐわい》だった。

「どうされました。何か、ご懸念なことでも……」

黙りこんだ唐十郎に、心配そうな顔をして咲が訊いた。

「い、いや。……女とは、不思議な生き物と思うてな」

小声でひとりごちた唐十郎の声は、川風に流されて咲の耳にはとどかなかったかもしれない。

咲は艪を漕ぐ手をとめ、もういちど唐十郎の顔を覗くように見つめた。

8

オン、ボ、ケイ、ダン、ノウ、マク。オン、ボ、ケイ……。

奇妙な呪術の声がひびいていた。

唐十郎が連れ込まれた紅蓮屋敷と呼ばれる離れである。その奥に、寺の伽藍《がらん》のような板張りの広い部屋があり、呪文はそこから聞こえてきた。

繰り返し誦《しょう》する唸るような声は床板にひびき、しだいに甲高くなり、腹の底を揺さぶるような激烈さを加えてくる。

奇妙な男だった。後頭部の襟を高くあげた白絹の法衣《ほうえ》に木蘭《もくらん》の袈裟。まぎれもなく僧装束だが、頭頂部に修験者《しゅげんじゃ》のかぶる頭巾《ずきん》のようなものをつけていた。

男は法衣の両袖を振り乱し、両手で大玉の数珠《じゅず》を擦りあわせながら一心に念じていた。

狷介《けんかい》な顔つきの男である。眼前で燃え盛る炎を映し、双眸はギラギラと脂《あぶら》ぎった光を放っている。

男の前には、調伏炉《ちょうぶくろ》が置かれ明々と炎があがっていた。その奥の護摩壇《ごまだん》には、黒墨で描かれた六字《ろくじ》明王《みょうおう》が掛けられている。さらに、護摩壇の左右の床に数本の刀が刺さり、炉の炎を映した刀身が赤く輝いていた。

オン、ボ、ケイ、ダン、ノウ、マク。オン、ボ、ケイ……。

法衣の男の声は、さらに甲高く狂気をおびたものになる。

男の背後には、別の男が四人、女がふたりいた。いずれも、両腕を蛙《かえる》の前足のように開いて、額《ひたい》を床に押し当てて平伏していた。

四人の男は、天狐に地狐、太田又左衛門、それに小袖に袴姿の武士がひとりいた。女のひとりは、小袖に提帯《つけおび》、白綸子地に朱や金糸で源氏車《げんじぐるま》や唐草模様を縫いあげた打掛姿《うちかけすがた》の奥方である。

この女は、肥前松江田藩《ひぜんまつえだはん》三万石の藩主、高松讃岐守勝周《たかまつさぬきのかみかつちか》の正室、萩乃《はぎの》で、その背後に控えているのは奥女中の勝江だった。

法衣の男は呪文を唱えながら、ときおり、懐から紙を出し炎の中に投じた。紙には、天狐、地狐、それに呪う相手である人形《ひとがた》が描かれていた。

その紙を丸めて調伏炉に投じると、パッと炎があがり、その度に男の呪文の声は激しさを増した。

法衣の男の顔面は流れるような汗である。両眼は目尻が裂けるほどに攣《つ》り上がり、まぢかで火を浴びたせいか、肌は赭々《あかあか》と光っている。

およそ、一時《いっとき》（二時間）ほどもつづいたろうか。炎が細くなるにしたがって、男はしだいに呪文の声を落としはじめた。そして、しばらく口の中でつぶやくように唱えていたが、ふいに立ち上がると、手にした数珠を狂ったように振りまわしはじめた。

そして、ひときわ声を張り上げて、オン、ボ、ケイ、ダン、ノウ、マク、と唱えると、つかつかと刀の刺してあるところに歩み寄り、そのうちの一振りを抜き取って、火の弱くなった調伏炉の中に刺し入れた。

法衣の男は、刀身についた黒灰を懐から出した懐紙の上にとると、

「奥方様、お顔を上げられよ」

と声をかけた。

萩乃は悦楽の極みに達してでもいるような恍惚《こうこつ》とした顔で、うやうやしく懐紙を受け取ると、ぺろぺろと黒灰を舐めはじめた。猫が舌先を伸ばして舐めるように、執拗に舌先を這わせた。

萩乃は舐め終わると、口のまわりを黒く染めたまま、

「道慧《どうえ》どの、わが願い成就いたしましょうや」

と法衣の男の方にすがるような目を向けて訊いた。

どうやら、この法衣の男は道慧という名で、六字経法により調伏の加持祈禱を行なう密教の僧らしい。

「奥方様、六字明王より、讃岐守様の御命、あと数カ月とのお告げがございましたぞ」

「おお……！」

「なれど、結願《けちがん》にはいたりませぬ。大願成就のためには、生贄の血塗《ちまみ》れた六振りの霊剣を六字明王に捧げねばなりませぬ。まだ、三振り足りませぬ」

道慧は法衣の袖を振りまわして、背後に刺さっている三本の刀に視線を投げた。手にした一振りを加えて、あと三本ということのようだ。

「なれば、いっときも早よう。わらわは、いつでもよいのだぞ」

萩乃は傍《かたわ》らの太田をなじるように見た。

「早速、手配いたしまする」

太田は平伏して応えた。

「血の生贄はわらわのためではない。大願成就のためぞ」

「心得てございまする」

　太田は顔を上げると、萩乃の傍らに控えていた勝江に、座を立つよう目で合図した。

勝江が奥女中を引き連れて部屋から出ていくと、道慧が座した膝を天狐と地狐の方に向け、

「狩谷唐十郎とか申す牢人を、討ち損じたそうじゃな」

鋭い眼光で睨《にら》みながら、重い声でいった。

「ハッ、思わぬ邪魔者が入りましたゆえ」

地狐が低い声で応えた。

「そやつ、何者じゃ」

「忍びと見ましたが」

「忍びじゃと。……伊賀者か」

「おそらく」

「江戸家老の手の者でございましょうか」

太田が道慧に訊いた。

「いや、ちがう。家老の手の者のなかに忍びはおらぬ。……老中、阿部正弘の手足と

なって隠密御用をつとめる伊賀者の一統がいると耳にしたことがある。おそらく、そやつらじゃ」

道慧は双眸を光らせながら、吐き捨てるようにいった。

「すると、ご老中が動き出したということでございますか」

太田は驚いたようにいった。

「だが、幕政を担う老中としてではあるまい。……阿部と松江田藩の私的なかかわりからであろう」

「すると、吉憲《よしのり》様とのかかわりで」

「多少は老中としての立場もあろうがな」

道慧は憎々しげに法衣の袂《たもと》を左右にうち振って、どかりと男たちの前に座した。

讃岐守に吉憲という十七になる若君がいた。この吉憲は、側室の子ではあったが、正室、萩乃に男子が生まれなかったため、嫡子《ちゃくし》として幕府にとどけられていた。

二年前、吉憲が十五歳のとき、松江田藩の隣国である倉敷《くらしき》藩主の次女を娶《めと》った。二藩は有田《ありた》焼きなどで知られた肥前焼きの藩専売をめぐって長く対立していたが、讃岐守の依頼もあって、当時幕府の要職にいた阿部が二家の橋渡しをしたのである。

爾後《じご》、両家の間は円満になり、仲人《なこうど》役の縁で讃岐守と阿部の私的なつながりは今もつづいていた。

「それにしても、面倒なことになりましたな。こうなったら、一刻も早く、讃岐守様の御命を頂戴し、一気にことを運んだらいかがでございましょうか」

太田がいった。

「それはできぬ。まだ、国許がかたまってはおらぬし、なにより讃岐守様のご他界に不審を抱かせてはならぬのじゃ。それに、あと三人、どうあっても始末せねばならぬ」

「三人とは、藩士にございましょうか」

「そうじゃ。われらの身辺を探るため、国許より送りこまれてきた影目付《かげめつけ》じゃ」

「そやつらも、われらの手で始末いたしてくれましょうや」

天狐が口をはさんだ。

「いや、あの奥方を操るためには、血の生贄が必要じゃ。三人は今まで通り紅蓮屋敷に連れ込み、奥方の眼前にて始末する。……それより、懸念されるは伊賀者と狩谷じゃ。このまま放置しておけば、ちかいうちに紅蓮屋敷のからくりは看破されよう。何としても、討たねばならぬぞ」

「道慧様、狩谷はかならずわれらふたりの手で」

天狐と地狐が同時にうなずいた。

「うぬらの手も借りるが、伊賀者まで乗り出したとなると手が足りぬな。……やはり、鳥飼京四郎《とりがいきょうしろう》を呼ぶか」

「鳥飼を！」

天狐、地狐、それに太田が顔を見合わせた。三人の顔には、戸惑いと嘲弄のまざりあったような奇妙な嗤いが浮いていた。

「宇佐美《うさみ》、すぐに手を打てい」

道慧が、武士の身装《みなり》をした男にいった。

宇佐美と呼ばれた男はまったく表情を動かさずに、ちいさく頭を下げるとスッと立ち上がった。

第二章　飛蝶《ひちょう》の剣

1

敷きつめられた白砂《はくしや》が、夏の強い陽射しを反射《はね》ていた。立っていると焼けるような熱気が足元から伝わってきたが、それほど苦痛ではなかった。強い川風が涼を運んできていたからだ。

紅蓮《ぐれん》屋敷の庭に幔幕《まんまく》が張られ、太田が幕を背にして床几《しようぎ》に腰を落としていた。すぐわきには数人の家臣が顔をこわばらせて控えている。

屋敷内から庭が見渡せるように、また、川風を遮断しないように幔幕は右手と左手の二方だけに張られていた。

庭に面した座敷には御簾《みす》が降り、奥は暗いが萩乃と腰元たちが控えているらしく涼しげな色合いの着物が動いていた。

だが、薄暗い奥の間の正面には、女たちの他に白と紫の衣装に身をつつんだ高貴な武士の姿もあった。

屋外からは、ぼんやりと輪郭が見えるだけだったが、その顔は宇佐美だった。おそらく、何者かに変装して、御簾の奥に座しているにちがいない。

「牧野《まきの》忠右衛門《ちゅうえもん》どの、出ませェい！」

太田の指図で、幔幕のそばに立っていた家臣のひとりが音声《おんじょう》をはり上げた。

すぐに、幕がはね上がり、長身の武士が木刀を携えて姿を現わした。両袖を襷《たすき》で絞り、袴の股《もも》だちをとっている。がっしりした体軀の壮年の武士で、長年修行を積んだらしく首筋や露《あらわ》になった両腕にはひきしまった筋肉がついていた。

牧野は御簾を前にして片膝をつくと、

「直心影《じきしんかげ》流、牧野忠右衛門にござりまする」

と名乗ったが、御簾の中から声はなかった。

代わって、立ち上がった太田が、

「殿はご病身ゆえ、お座敷の奥で伏しておられる。……牧野、殿の日ごろの気鬱《きうつ》をお晴らしするようなみごとな立ち合いを披露せい」

と低い声でいった。

どうやら、宇佐美は藩主の讃岐守に変装して御簾の奥にいるようだ。太田や萩乃たちは、その人影が讃岐守でないことは承知しているはずだが、牧野は気付いていないらしい。

「ハ、ハッ。……して、拙者《せっしゃ》の相手は」

「十貫流、鳥飼京四郎どのでござる」

「……鳥飼！」

牧野は驚愕《きょうがく》に目を剝《む》き、慌てて、国許の仁でござるか、と訊いた。

「いかにも」

「すると、飛蝶《ひちょう》の剣！」

一瞬、牧野の顔がこわばり血の気がひいた。

すぐに、幔幕のそばの家臣に呼ばれ、ひとりの男が姿を現わした。一見、女とも見える妖異な雰囲気をただよわせた痩身の男だった。

「鳥飼どのか」

「いかにも、鳥飼京四郎にござる」

女のように微笑《ほほえ》みながら優しい声で応えた。

鳥飼は白絹の小袖の上に緋色地に白蝶を染めた振袖を羽織っていた。白帯に白柄《しろつか》、朱鞘《しゅざや》の大刀を一本落とし差しにしている。衣装も遊郭の女のように華美だが、顔も遊女のようだった。総髪を後ろで束ね、細面《ほそおもて》の顔に白粉《おしろい》をぬり、紅をさしている。

両肩を頼りなげに左右に振り、微笑みながら近付いてきた。剣客《けんかく》などとはほど遠い、舞台から降りてきたばかりの女形の役者のようであった。

だが、目だけはちがっていた。牧野にそそがれた細い双眸《そうぼう》は狂気をおびたように白く光っていた。

鳥飼は五間ほどの間合をとって牧野と対峙《たいじ》すると、肩にかけていた振袖をはずし、幔幕のそばに立っていた家臣のひとりに手渡した。

白絹の小袖が夏の陽射しに銀鱗《ぎんりん》のような光を放ち、目を射るようだった。目を細めて見ると、着流しの白小袖の両袖に真紅の蝶が染めてある。

鳥飼の動きにあわせて陽を反射《はね》る白絹と、その両袖の蝶は陽炎《かげろう》のなかで舞う真紅の蝶のように見えた。

「鳥飼どの、そのような装束で立ち合うつもりか」

牧野は、柄に手をかけて間合をつめてきた鳥飼に甲高い声をあびせた。その顔には苛立《いらだ》ったような表情が浮いていた。

「さよう」

「身支度をなされよ」

「……立ち合いは舞いだ。これがおれの舞台衣装よ」

鳥飼は口元に揶揄《やゆ》したような嗤《わら》いを浮かべていった。

「なれば、木刀を取られよ。勝負に遺恨を残したくはない」

「臆《おく》したのか……」

「なに！」

牧野の顔が歪《ゆが》み、怒気がはしった。

「それとも、命が惜しいか。武士の立ち合いに、生死を賭けぬ勝負などありえぬであろうが」

「うぬ」

「殿の御前での立ち合い。……木刀で殴り殺すなど尾籠《びろう》な真似はできぬわ。おぬしも、武士なれば、真剣にて立ち合え」

「太田様、いかように」

牧野は顔を紅潮させたまま太田を振り返った。

「好きにいたせ」

「ならば、やむをえぬ」

太田の応えに牧野は踵《きびす》を返し幔幕の外に消えたが、すぐに大刀を携《たずさ》えて戻ってきた。

およそ三間の間合を置いて牧野が抜いた。夏の陽にギラリと光った刀は、三尺の余もある身幅の広い剛刀であった。

鳥飼も抜いた。こちらは反《そ》りのある身幅の狭い刀身だった。鳥飼は構えるでもなく、右脇にだらりと切っ先を下げた。

ゆらり、と立ったまま、口元には嘲弄するような嗤いが浮いている。

牧野は腰を沈め車《くるま》（脇構《わきがま》え）のまま、ツッ、ツッと間合を寄せてきた。隙のないどっしりとした巌のような構えである。

脇構えは、刀身を背後に引いているため陰《いん》の構え（防御）と思われがちだが、強い攻撃精神を秘めた陽《よう》の構え（攻め）である。

牧野はその身構えに一撃で敵を倒す気勢を込めながら、一足一刀の間境《まざかい》を自ら越えようとしていた。

対する鳥飼の身構えには殺気はおろか覇気《はき》さえもなく、ただ、その場に自然《じねん》につっ立っているだけに見えた。

ヤッ！

突如、突き刺すような鋭い気合を牧野が発した。

ゆらりとした、まるで覇気のない構えにかえって不気味なものを感じ、牧野はまずその構えを崩そうとしたのだ。

だが、鳥飼は風に揺れる柳枝のように動かなかった。

激しい気勢を込めたまま、牧野が一気に間境を越えた。

刹那《せつな》、鳥飼の刀身が返り、稲妻のような殺気がはしった。

その鋭い殺気に撃たれたように、牧野は車から大きく振りかぶって袈裟に斬りつけようとした。

その瞬間、鳥飼の刀身が撥《は》ね上がった。わずかに体を右に寄せながら、下から掬《すく》い上げるように左上膊《ひだりじようはく》を斬り上げたのである。

刃唸りがし、鳥飼の体が躍《おど》った。まさに、稲妻の迅《はや》さであった。

鳥飼が斬り上げた一瞬、両袖が左右にひらき、ちょうど蝶が羽を広げた形に見えた。

並の遣い手であれば、この斬撃で左腕は断たれたであろうが、牧野も直心影流の達者である。間一髪、身を引いてその切っ先をかわした。

だが、鳥飼は斬り上げた刀を素早く返すと、さらに踏み込んで右上膊を斬り上げた。電光石火《でんこうせっか》、左右連続の斬撃である。

ひらり、と蝶が羽ばたくように両袖がひらき、牧野の右腕が空天へ飛んだ。

だが、鳥飼の攻撃はとどまらなかった。鳥飼の動きは、ひらり、ひらりと舞う蝶のように華麗だった。そして、さらに左から掬いあげた刀身が、牧野の首筋をとらえた。喉を深く搔き斬ったのである。

首が折れたように後ろに傾《かし》げ、ひらいた首の切口から血飛沫《しぶき》が噴出した。驟雨《しゅうう》のように鮮血が飛び散り、見る見る白砂を赤く染めあげた。

牧野は血を撒きながら仁王《におう》のようにつっ立っていたが、全身を真っ赤に染めたまま朽《く》ち木のように背後に倒れた。そして、いっときぴくぴくと四肢を痙攣《けいれん》させていたが、やがて動かなくなった。

太田や家臣たちは驚愕に息を呑み、御簾の中からは悲鳴とも嘆息ともとれるざわめきが聞こえた。

鳥飼は牧野の首から迸《ほとばし》る血飛沫に目をやり、

「……飛蝶の剣でござる」

と、恍惚とした表情を浮かべていった。その細面の白肌がほんのりと朱に染まっている。

「まさに、妖鬼のごとき剣じゃ！」

太田は顔をこわばらせて感嘆の声をあげた。

2

「そ、そなた、わらわと似ているようじゃ……」

萩乃は鳥飼の胸に覆《おお》いかぶさり、指先で首筋をなぞりながらつぶやくようにいった。すでに、鳥飼も萩乃も二度果てていた。しっとりと汗ばんだ白肌の背に、乱れたおすべらかしが黒蛇のように這っている。

鳥飼は、火炎のような淡い煙の渦のむこうに広がる地獄絵に目を向けていた。武者集団に襲われ、虐殺される公家や女官、警護の青侍たち。紅蓮の中で髪や着物が燃え、首が転がり、血を噴いていた。

薄闇のなかに肌や衣裳の焦げる臭いがただよい、公家や女官の阿鼻《あび》叫喚《きようかん》が耳元で聞こえてくるようだった。

「地獄で情交《まぐわ》うとは、けっこうな趣向だ……」

鳥飼は萩乃の腰に手をまわしたままいった。

「わらわは、地獄の火に焼かれているのじゃ」

「…………」

「そなた、血が好きなようじゃな」

萩乃は首を上げ、覗くような目を向けた。

「迸る血は美しい……」

鳥飼は天井に目を向けてつぶやくようにいった。

「わらわも血を見ると、胸が疼《うず》く。……身が焼けるように熱うなり、殿御《とのご》を抱きとうて我慢ならなくなるのじゃ」

「………」

鳥飼は応えずに目を閉じた。

脳裏に牧野の首から噴出した血が鮮明に蘇ってきた。そして、萩乃との情交と地獄絵が、鳥飼に今まで生きてきた嘲弄と殺戮《さつりく》の日々を思い出させた。

鳥飼は松江田藩士である鳥飼平兵衛《へいべえ》の三男に生まれた。父、平兵衛は御馬役、二十五石の軽輩であった。

わずか二十五石の家禄では、一家が食べていくだけでやっとである。嫡子ならともかく、鳥飼のような冷や飯食いが生きていくためには、いい婿《むこ》の口を得るか、己の才覚で身を立てるしかなかった。

鳥飼は生まれつき色白で脆弱《ぜいじゃく》な身体だったが、何とか剣で身を立てようと、十歳のころから藩内で盛んだった十貫流の道場に通うようになった。

十貫流は藩公認の流派で、剣だけでなく、弓、槍、杖、薙刀、手裏剣、馬術なども教える武芸全般の道場であった。藩内各地に道場があり藩士だけでなく、郷士や剣術好きな富農の次男、三男なども通っていた。

虚弱体質であったが剣の天稟《てんぴん》には恵まれていたらしく、鳥飼はしだいに腕をあげた。五年もすると、体力では他の門弟にかなわなかったが、俊敏さと勘の鋭さで同年齢の門弟なら竹刀《しない》の先もかすらせないほどになった。

さらに修行を重ね、痩身ながら筋肉がつき体がしっかりしてくると、道場主や師範代格の門弟にも、三本のうち一本は取れるほどの腕になった。

そして、十六、七歳のころになると、鳥飼の通う道場が馬込町《まごめちょう》にあったことから、馬込の美剣士などと呼ばれ、藩内でさかんに噂されるようになった。

鳥飼が藩士たちの好奇の目を集めたのは、ずば抜けた剣の腕もあったが、それよりも特異な容姿にあった。

色白で端麗な容姿は女のようであり、鳥飼自身も白や赤の華やかな色彩の着物を好んだ。若衆を思わせるような艶《なまめ》かしさがあったのである。

やがて、鳥飼に集まる視線のなかに嘲弄や好色の眼差《まなざ》しが増え、男だけでなく女からも色事《いろごと》の誘いを受けるようになった。

そして、鳥飼が初めて女を抱いたのは十七歳の秋だった。いや、抱いたというより、鳥飼が犯されたといった方がいい。

おゆらという呉服屋の女房だった。松江田藩内では屈指の大店《おおだな》で、おゆらは婿養子の主人を尻に敷いているようなところがあった。

おゆらは、鳥飼家がこの呉服屋を利用していることを幸い、言葉巧みに鳥飼を料理屋に呼び出し酒で酔わせたあと、同衾《どうきん》したのである。

鳥飼は中年女の執拗な肉欲を嫌悪した。再会の約束を拒否すると、おゆらは言葉汚く鳥飼を罵《ののし》り、従わなければ強引に犯されたと藩の横目付《よこめつけ》に訴え出るといいだした。

カッとした鳥飼は前後のみさかいもなく、おゆらの首筋へ斬りつけた。生まれて初めての斬殺であった。おゆらの首筋から噴出する血飛沫を見て、鳥飼の全身が顫《ふる》えた。迸り出る真紅の鮮血は、生そのもののように無垢《むく》で美しかった。清冽《せいれつ》さがあった。まさに、肉体という醜悪な塊から湧き出す清水のようだった。

幸い鳥飼は罪を問われなかった。日ごろからおゆらの乱行ぶりが噂されていたし、呉服屋の主人が、女房と若い武士との姦通が公になるのを恐れ、女房は自害したと訴えたからである。

だが、その日から鳥飼は変わった。流水を堰《せ》きとめていた堤防が決壊したように、鬱屈していた倒錯の性が奔流《ほんりゅう》のように溢《あふ》れ出したのである。

鳥飼はさらに華麗な衣裳をまとい、薄く化粧もするようになった。

そうなると、馬込の美剣士が、馬込の女剣士と揶揄《やゆ》されるようになり、門弟たちも近寄らなくなった。

「痴者《しれもの》め！　鳥飼家の恥じゃ」

父の平兵衛は激怒し強く叱責したが、一向に改めようとしない鳥飼に業を煮やし、家から追放してしまった。

爾後《じご》、鳥飼は料理屋の下働きや遊女屋の用心棒のようなことをやって過ごし、荒《すさ》んだ生活をつづけた。

ただ、剣術の稽古だけはつづけ、十貫流の奥義のひとつである下段から左上膊へ斬り上げる技を身につけた。そして、無宿人や遊び人との斬り合いをとおして左右連続して斬り上げる必殺剣をものにしたのである。

並外れた剣の天稟があったのであろう。鳥飼は二十歳そこそこの若さで、十貫流の奥義のひとつを越えたのである。

人はこの必殺剣を、飛蝶の剣、女舞《おんなまい》の剣、などと呼んで恐れた。掬い上げるように斬るときの両袖が広げた蝶の羽のようであり、その太刀捌《さば》きは女の舞いのように華麗だったからである。

「……そなた、出自は御公家様かえ」

萩乃は鳥飼の胸に指を這わせながら鼻声を出した。

「いや」

「なれば、なにゆえ、化粧《けわい》などいたすのじゃ」

「美しくならんがため。……白き肌、赤き唇は女だけのものではない」

「ホッ、ホホホ……。面妖な殿御じゃ」

萩乃は声を出して笑うと、

「そなた、殿御とも情交《まぐわ》うのであろう。……ほれ、このようにな」

喉を鳴らすようにいって、指先を鳥飼の胸から下腹部へと伸ばしはじめた。細い目が欲情に燃えたっている。

「いや、男は好かぬ」

鳥飼は男色の相手はしなかった。

事実、大金を積んで陰間《かげま》になるよう誘われたこともあったが、まったくその気はなかった。

「……十日ほど経とうか。そなたとよう似た殿御が、首を刎《は》ねるのを見ましたぞ。血が一間も飛んだえ」

萩乃は息を乱しながら怒張し始めた鳥飼の男根へ、そろそろと指先を這わせた。

「藩士か」

「いえ、狩谷と申す牢人じゃ。肌の白い、なかなかの美丈夫《びじょうふ》。介錯を生業《なりわい》にしておるそうな」

「ほう」

鳥飼は興味を持った。一太刀で首を截断するのはむずかしい。それを生業とするからには、相当の手練《てだれ》と見ていい。

「血が、紅地《べにじ》の提帯《つけおび》を伸ばしたように飛んだのじゃ。なんとも、綺麗じゃったぞ」

「…………」

血は乱れもなく真っ直ぐ噴出したようだ。みごとに一太刀で刎ねたということだろう。

「そやつ、わらわを袖にしおった。憎い男じゃ」

萩乃は急に細い目を攣《つ》り上げた。

「牢人の分際で、身のほど知らずな」

鳥飼はそういったが、奥方の申し出を断わったという狩谷に会ってみたい気がした。

「じゃが、今となっては狩谷などどうでもよい。わらわにはそなたがおる。早《は》よう、来やれ……。わらわは、また熱《あ》つうなってまいったぞ」

萩乃は鳥飼の体の上で身をくねらせた。

鳥飼が手を伸ばすと、すでに萩乃の股間にはねっとりとした液が溢れていた。

3

夜闇につつまれた大川の川面を、猪牙舟《ちょきぶね》がすべるように下っていた。

舟上には印半纏《しるしばんてん》に紺の股引《ももひき》姿の船頭がふたりいる。ひとりが艪《ろ》を使って舟を操り、ひとりは船梁《ふなばり》に腰を落として周囲に目をくばっていた。

艪を漕いでいるのは、相良の配下の浅井六平《あさいろっぺい》という伊賀者である。もうひとり、腰を落としているのが咲だった。

すでに、五ツ半（午後九時）を過ぎている。通常なら、この時刻でも屋形船《やかたぶね》や屋根船《やねぶね》などの大型の涼《すず》み船や、間をぬう猪牙舟などがさかんに行き来しているのだが、宵にはげしい夕立があったため、ときおり猪牙舟が通るだけでひっそりとしていた。

「咲どの、不審な人影はありませぬな」

六平は艪を漕ぐ手を休めず、小声でいった。

二十歳そこそこ、若いが忍び込みの術と手裏剣の達者として知られた男だった。

舟は浅草六軒町《あさくさろっけんちょう》の岸近くを下っていた。ふたりは舟で橋場《はしば》町、今戸町と川端の怪しい人影を探りながら下流へ向かっていたのだ。

「油断はできませぬ。……一昨日、またひとり松江田藩士が姿を消したそうです。大川端で襲われたと見ているのですが……」

咲は川岸の土手に植えられた柳の樹陰に目をこらしていた。土手の上が通りになっており、その先が唐十郎の襲われた場所なのだ。

「相良様はこの辺りを？」

六平が訊いた。

「おそらく……」

伊賀者は六人、大川端周辺を探るために二人ずつ組んで伊賀町にある組屋敷を出ていた。

組頭の相良は、若い盛川《もりかわ》という伊賀者とふたりで今戸町から六軒町あたりを探っているはずだった。

「咲どの、あの提灯《ちょうちん》……」

六平が少し舟の速度をゆるめていった。

「あれは、白帷子《しろかたびら》か……」

咲も土手の上を行く提灯の灯には気付いていた。武家らしいが、闇のなかに白く浮かび上がったように見える着物が気になっていた。

「どうやら、ひとりのようです。岡場所あたりに繰り出すつもりでは」

六平がいうように、人影が歩いていく先の浅草寺《せんそうじ》界隈には、岡場所や料理屋などが軒《のき》を連《つら》ねる繁華街があった。

「いえ、遊所に人目を引く白装束で出かけるとは思えませぬ」

「そういわれれば……」

「朱鞘の落とし差し……。ただの牢人ではなさそうです。六平どの、舟を岸へつけて」

「承知」

六平は艪音もさせず、スーッと舟を岸へ寄せた。

近くの渡船場から陸へ上がると、ふたりは先へ行く人影を尾けるために足を速めた。

雲間から出た下弦の月が、小径をくねった銀蛇のように薄く浮かび上がらせていた。辺りに人家はあったが、薄闇のなかに沈んだように寝静まっていた。土手地は夏草が茂り、川風にさわさわと揺れている。

先に走っていた六平が、ふいに足をとめ、

「あそこに」

前方を指差した。

見ると、提灯の灯がとまっている。月明かりにぼんやりと浮かびあがった白装束は、佇《たたず》んだまま動かなかった。

「あやつ、われらを待っているようですぞ」

と六平が咲を振り返っていった。

「……六平どの、こちらに近寄って来ます」

立ち止まっていた白装束の武士は、踵《きびす》を返して歩み寄ってきた。

「どうやら、狙われたのは我らのようです」

咲が低い声でいった。

そのとき、咲は背後から走り寄る足音も聞いたのだ。地を駆ける音が風を切るように迅《はや》い。どうやら、こちらは忍びらしい。

「もうひといます、屋根！」

咲は鋭い声で六平に伝え、ちかくの商家の土蔵らしい屋根に目をやった。

黒板塀の向こうに二棟連なる土蔵の甍《いらか》が、月光に照らされ黒い波のように光っていた。咲は目を凝らしたが、人の姿はとらえられなかった。だが、たしかに人のいる気配はする。

背後から迫ってくる忍びは大柄で、手に身の丈ほどの金剛杖を持っていた。

「地狐！」

咲の脳裏に唐十郎を襲った地狐のことがよぎった。

(すると、屋根の敵は天狐！)

咲は全身に戦慄がはしった。

「挟み撃ちか」

六平も屋根の気配を感じとったようだ。

すかさず、六平は懐に手を入れた。得意の棒手裏剣を握ったようだ。

「六平どの、逃げねば！　地狐と天狐はおそるべき手練《てだれ》です」

咲は半纏の下に差していた一尺八寸の小刀を抜いた。女ながらに石雲流《せきうん》小太刀《こだち》をよく遣《つか》う。

だが、咲は己の力を知っていた。地狐と天狐のふたりでは勝負にならない。闘うなら、軟弱な感じのする前方の武士だ、と察知した。

咲と六平が前方へ走り出したとき、ふいに、土蔵の屋根に人影が現われ、スルスルと黒い猿猴《えんこう》のように屋根をつたった。

天狐だ！

すかさず、六平が前に走りざま棒手裏剣を人影に向かって投げた。

パッと、黒い人影が空天へ飛ぶ。

樹上から滑空する黒いムササビのようだ。

咲の頭上へ、黒い巨大な羽で覆うように人影が落下してきた。

ヒョゥ！　という鋭い気合と、咲が小刀を抜きつけるのと同時だった。かすかな金属音がし、闇に青火が散った。空中で突き出した手突矢を、咲がかろうじて弾いたのだ。

次の瞬間、黒い人影は回転して咲の前方に着地した。妖異な顔貌《かお》をした天狐が口元に薄嗤《うすわら》いを浮かべて立っていた。

「……女かい！」

黒装束に身をつつんだ天狐の双眸は鋭く、手突矢を肩先に担ぐように構えて投擲《とうてき》の機をうかがっている。

さらに、咲は背後に迫る足音を聞いた。

地狐である。短い法衣《ほうえ》をまとい、猛々《たけだけ》しい獣のように唸り声をあげて肉薄してきた。前方で回転させる金剛杖がびゅんびゅんと風を切る。杖の両端にある黒い鉄の輪が、縦横無尽に飛びまわる黒鳥のように見えた。

六平は前方へ走った。忍びは強敵に包囲され逃げ場を失ったとき、己自身の力で一カ所を突破しようとする。下手に助け合ったりすれば、共倒れになるのである。それぞれが死力を尽くして活路を開かねばならないのだ。

六平は咲にはかまわず、まっすぐ前方の白装束の武士の方に走った。

十間ほどの間合に迫ったとき、前方の武士が抜刀した。痩身で色白、若衆のような顔をした武士だった。

（こやつ、女か……）

一瞬、侮《あなど》った六平の心気がゆるんだ。

だらりと刀身を下げてつっ立っている武士の間合ちかくに、棒手裏剣を構えたまま一気に踏み込んだ。

六平の放った手裏剣が飛ぶのと、武士が下段から刀身を振り上げるのとがほとんど同時に見えた。

キーン、という鋭い音を曳いて手裏剣が夜陰に撥ね飛び、武士の白装束が前に大きく躍った。六平の眼前で、二、三度、赤い模様のある白袖が羽ばたいたように見えた。

(……白蝶!)

六平がそう感じた刹那だった。

刃唸りをたてて武士の刀身が一閃し、六平の首が黒い塊となって空天へ飛んだ。

4

咲は必死で土手の叢《くさむら》を走った。すでに、左肩口に天狐の手突矢を受けており、左腕は麻痺していた。

巨獣が突進してくるように地狐が背後に迫ってきた。金剛杖の風を切る音が、すぐ後ろで聞こえる。天狐は叢を分けながら、異常な迅さで咲の前方へまわろうとしていた。

まさに、巨獣と猛禽に襲われ、逃げ惑う小兎であった。

そのとき、咲は背後で杖の風を切る音が、一瞬とまったのを感知した。

（地狐の杖がくる！）

咲は振り向きざま小太刀を揮《ふる》って、振り下ろされた杖の攻撃を頭上で弾いた。が、間髪をいれず、杖の二打が凄まじい唸りをあげて咲の脇腹を襲った。

咄嗟《とっさ》に、咲は大きく背後に跳ね飛んでこの打撃をさけたが、叢に足をうばわれ仰向けに転倒した。

地狐の巨体が大熊のように咲の眼前に迫る。

もはや、これまで！　と咲が、観念した瞬間だった。

ターン、と闇を裂く銃声がひびき、一瞬、地狐の巨体が棒立ちになった。つづいて、タン、タン、タン、と連続して銃声がひびき、背後の叢や板塀の陰などで人影が動くのが見えた。数人による鉄砲の攻撃のようだ。硝煙の臭いがし、人声も聞こえた。

この銃撃をさけるためであろう、咄嗟に地狐と天狐は叢に伏した。

（父上だ！）

咲は跳ね起きた。危急を察知した相良が、配下の伊賀者と攻撃を仕掛けたようだ。

川岸の土手を十間ほども走ったとき、咲は汀《みぎわ》の方から呼ぶ声を聞いた。

「咲どの、これへ」

いつ来たのか、足元の波打ち際に猪牙舟が舟体を寄せている。舟を操っているのは、父と同行したはずの盛川だった。

咲は二間ほど下の舟底めがけて身を躍らせた。

「銃声は父上か」

咲は船梁に腰を落として訊いた。

どうやら、地狐も天狐も、白装束の武士も追ってはこないようだった。

「はい、相良様と次郎《じろう》とで……」

「すると、父上おひとりか」

次郎というのは相良の飼っている猿の名である。

相良には飼っている猿を巧みに使うことから妖猿《ばけざる》の異名がある。どうやら、その猿を使って多数による銃撃と思わせたようだ。

「……あれは、百雷銃《ひゃくらいじゅう》を使った驚欺《きょうぎ》の術ですね」

咲は舟上から背後の土手を振り返った。

百雷銃とは、小さな竹筒に火薬を仕込み、十数個をつなげておいて一方の導火線に点火することで、連続して爆発させる爆竹である。竹筒による火薬の詰め方で、爆発音が銃声のように聞こえる。

また、驚欺の術とは敵を驚かせ欺《あざむ》く術で、暗闇から突然銃撃音を発して敵を驚かせ、大勢の一斉攻撃を受けたように思わせたのである。

おそらく、相良は猿に爆竹のつなげた紐をくわえさせて叢を走らせたことで、より効果を生みだしたにちがいない。

「六平は?」

咲は先に逃げた六平が気になった。

「残念ながら、一太刀で……」

盛川は声を落とした。

どうやら、前方にいた白装束の武士はかなりの遣い手だったようだ。

咲を乗せた猪牙舟は大川を下り、竪川《たてかわ》に入った。

竪川にかかる二ノ橋をくぐった先の本所緑町《ほんじょみどり》に、相良たち伊賀者が管理する空屋《あきや》敷《しき》があった。

伊賀者明屋敷番は、大名や旗本が屋敷替《やしきが》えや改易《かいえき》などで空いた屋敷を見まわったり、住み込んで管理するのが本来の仕事である。相良の管理する空屋敷が緑町にあり、舟を使いやすいことから隠密御用の際にも利用することがあったのだ。

その屋敷で、咲は左肩の手当を受けた。

傷は深かったが骨や筋に異常はなく、出血がとまれば大事なさそうだった。

咲が緑町の空屋敷に着いたころ、相良は白装束の武士のあとを尾けていた。咲が舟で逃げたのを見届けたあと、相良はいったんその場を去り、あらためて今戸町方面へ向かった白装束の武士のあとを追ったのである。

(あやつ、ただ者ではない)

土手を走る複数の足音を聞きつけ、かけつけた相良は女と見紛《みまが》うような衣装の武士が一太刀で六平の首を刎《は》ねるのを目撃していた。

華麗だが、背筋の凍るような妖異な剣を遣う。おそるべき手練だった。

相良は同行した盛川に舟を用意するよう指示したあと、百雷銃を使って咲の危機を救い、その場を去ったと見せて、地狐と天狐をやりすごしてから今戸町へと走ったのだ。

白装束の武士は大川沿いを橋場町まで来て、堅牢な長屋門の前で立ちどまった。長屋門の先には長い海鼠塀《なまこべい》がつづいている。庭園が広いらしく、相良のいる場所からは鬱蒼とした葉叢《はむら》の間から、入り組んだ屋根の甍の一部が見えるだけだった。

格式のある武家屋敷のようである。藩士のための長屋や小屋がないところを見ると、小大名か大身の旗本が密かに建てた別邸といった感じである。

橋場町は田園地帯も多く、大川沿いの土地には富裕な商人の寮や別邸など、数寄屋《すきや》造りの瀟洒《しょうしゃ》な建物が並んでいるが、そのなかでも目をひく敷地の広い豪奢な屋敷であった。

長屋門の前に立ちどまった武士は、尾行者がいないか確かめるように周囲に視線を投げたあと、潜《くぐ》り戸から中に消えた。

（……やはり、松江田藩か）

相良はこの辺りに松江田藩の中屋敷があり、藩主が病気療養のために利用している、と聞いていた。

相良はひそんでいた樹陰から出ると、屋敷の裏手にまわってみた。

川風が頬を流れ、藻汐の匂いがした。大川だった。屋敷の敷地は大川までつながっていて、屋敷の周囲をかこんだ海鼠塀が川岸に積んだ石垣までつながっている。

相良は塀の際まで近寄って見た。

見ると、敷地内に船着場があり、二艘《そう》の猪牙舟が舫《もや》ってあった。

(どうやら、唐十郎どのの話にあった紅蓮屋敷は、ここのようだな)

相良は咲を通して、唐十郎の話を聞いていた。

(すると、ここが狐の巣か……)

相良は、天狐や地狐もここにいるにちがいないと思った。

このまま屋敷内に侵入して、探ってみようかとも思ったが、相良はそっと塀側から離れた。天狐や地狐が忍びなら、屋敷内に相応の仕掛けがしてあると見なければならない。ひとりでの侵入は危険すぎた。

それに、傷を負った咲の身も気がかりだったのだ。

5

緑陰のなかを渡ってきた細風が、心地好かった。陽射しは強かったが、庭の隅に植えられた樫《かし》や欅《けやき》の深緑が、ほっとするような影を広げていた。

その深緑のなかで油蟬《あぶらぜみ》が鳴きたてている。

唐十郎は縁先に腰を落とし、一尺ほどの石仏の背に小杉半之丞の名を小柄の先で刻んでいた。石仏は近くの石屋に頼んで彫ってもらったもので、簡単に目鼻をつけただけの粗雑なものである。

唐十郎は己の手で介錯した者や追手に加わって討ち取った者の名や享年などを石仏の背に刻み、庭に立てて供養していた。

供養といえば聞こえはいいが、そのときだけ石仏の頭から酒をかけ手を合わせるが、あとは放置したままなので、庭には雑草がはびこっている。

石仏は六十体ほどもあろうか。生い茂った夏草の中に埋もれて頭だけ出しているのもあれば、体に蔓草《つるくさ》がはい上がっているのもある。

唐十郎のことを、野晒《のざらし》と呼ぶ者がいる。

その名は、庭に雑然と放置されたままの石仏からきているのか、あるいは破れ道場で妻《めと》も娶らず飄々《ひょうひょう》と暮らしている生き様からきているのか。いずれにしろ、唐十郎の身辺には、花をたむける者もない野晒の無縁仏のような寂寞《せきばく》とした雰囲気がただよっている。

唐十郎は小杉の名を刻んだ石仏を庭の隅に立てて頭から徳利の酒をかけると、瞑目《めいもく》合掌《がっしょう》して縁先に戻った。

供養のつもりで、徳利に口をつけて酒を一息に飲んだとき、ふと人の気配を感じて庭に目をやった。

庭の隅の枝折《しお》り戸の方から黒の法衣に草鞋《わらじ》履き、塗り笠で顔を隠した雲水《うんすい》が入ってきた。その姿に驚いたのか、油蟬が鳴きやみかすかな羽音を残して飛び去った。

「狩谷どの、お久しぶりでございます」

笠を取って、顔を見せたのは相良だった。

「いつから、頭を丸められた」

唐十郎は口元に微笑を浮かべた。

「いや、このところ、隠密御用にかかわっておりましてな。この方が何かと都合がよいもので……」

相良は丸い頭をひと撫でして、照れたように笑った。

人のよさそうな細い目が、忍びの術者というより好々爺《こうこうや》の印象をあたえる。確かな歳は知らぬが、五十は越えているだろう。皺の目立つ肌は老齢を感じさせるが、ひきしまった体に衰えは見えなかった。

「法体《ほったい》の方が調べやすいということか」

「いかにも」

「話は道場の方で聞こうか」

唐十郎は徳利を持ったまま、いったん母屋に戻った。

道場の床に座した相良の膝先に台所に立ち寄って持参した小丼を置いて、

「供養の酒でござる」

といって注いだ。

「般若湯《はんにゃとう》（酒）はいただかぬことにしておるが、供養なればいたしかたあるまい」

そういって小丼を取ると、一口グイと飲んだ。

「して、用件は」

「また、狩谷どのの腕をお借りしたいと存じましてな」

相良は膝先に小丼を置いて、微笑を消した。

「紅蓮屋敷のことか」

唐十郎は紅蓮屋敷でのことを咲に話してあった。当然、組頭であり父親でもある相良の耳にははいっているはずだ。

「……その紅蓮屋敷でござるが、橋場町にある松江田藩の中屋敷ではないかと見ておるのですが」

「松江田藩の中屋敷。橋場町ならば、猪牙舟を使って大川を行き来できるな」

「はい」

「すると、あの面妖《めんよう》な女性は？」

「察するところ、藩主讃岐守様の奥方、萩乃様ではないかと」

「讃岐守様の御正室か」

「はい、御年《おんとし》三十二歳になられます」

「まことか、……あの女、すでに三十路《みそじ》を越えておるのか」

唐十郎は驚いた。年増とは感じていたが、三十路を越えているとまでは思わなかった。

「女も三十路を越えると、房事も執拗になるといいますぞ」

相良は口元に薄い嗤いを浮かべた。

「まさか、その奥方を斬れというのではあるまい」

「いえいえ、いかにご乱行が過ぎようと、相手はお大名の御正室にございまする。われらが、手を出せるような相手ではござらぬ」

「さすれば、あの狐か」

いま江戸を騒がせている斬殺事件の張本人は天狐と地狐のようである。咲の話では、老中阿部正弘の依頼で事件を探っているということだった。

「さよう、あの狐も、容易ならぬ相手でござるが、狩谷どのの腕を借りたいのは別の男でして。……その男、妖剣といえばよろしいのでしょうか。奇妙な剣を遣います」

「武士か」

「はい、白装束に女子《おなご》のような化粧《けわい》をしておりまして。……若衆女郎《わかしゅうじょろう》のようですが、腕はそうとうなものです。配下の浅井六平が一太刀で首を刎ねられましたゆえ」

相良は、浅草六軒町で六平が首を刎ねられたときの様子を、武士の構えや太刀筋も加えて話した。

「すると、白蝶が舞うように見えたというのか」

「はい、まさに、その姿は夜闇に浮かび上がった妖異な蝶のようでござった」

「目幻《めくらま》しではないのか」

「いえ、ただの目幻しではございませぬな。手練《しゅれん》の早業《はやわざ》ゆえ、そのように見えるのではないかと」

「……………！」

ただのまやかし剣ではないようだ。そうとうの遣い手と見ていい。相良は忍びの達者だが、剣の力量を見る目はもっているのだ。

「それゆえ、狩谷どのに、その者の始末をお願いにあがった次第にござる」

唐十郎を見る相良の双眸に刺すような光が加わった。

「高くつくぞ」

「承知してござる」

「それに、弥次郎にも助勢してもらいたいが……」

その奇妙な武士だけというわけにはいかない。天狐と地狐も、このまま唐十郎を放ってはおかないだろうという気がしたのだ。

「本間どのにも、お願いするつもりでおりました」

相良は、まず、百両ご用意いたしました、といって、懐から袱紗《ふくさ》包みを取り出し、唐十郎の膝先へ押し出した。

唐十郎は膝先へ手を伸ばすと、

「さて、咲どのから多少聞いてはいるが、子細を話してもらおうか」

そういって、包みを懐にねじこんだ。

6

「さて、何からお話すればよろしいでしょうかな」

相良はあらためて座りなおした。

「まず、ご老中、阿部様の私事だというが、松江田藩とのかかわりは？」

「それは、阿部様が藩主讃岐守様のご嫡男、吉憲様と隣国の倉敷藩主の次女とのご縁談をまとめられたからでございましょうな。爾来《じらい》、讃岐守様と阿部様は昵懇《じっこん》の間柄でござる」

「それが、此度《こたび》のこととどうつながる」

阿部と讃岐守との関係がいかに昵懇であろうと、奥方萩乃の乱行はあくまでも藩内部の問題であろう。それに、地狐、天狐などと呼ばれる異様な忍びを使って、江戸の剣客を斬殺する理由がない。

「実を申せば、背後に松江田藩の世継ぎにまつわるお家騒動があるのではないかと見ておるのですが。……ここ二年ほど讃岐守様は病床に伏しております。讃岐守様はご存命のうちに嫡男吉憲様に藩主の座を譲り、隠居したいようでござるが、国許の次席家老、安藤主理《あんどうしゅり》などの強い反対があって苦慮されているようでござる」

讃岐守は疝気《せんき》が悪化し、このところ療養と称してたまに中屋敷へ足を運ぶ程度で、あとは下屋敷に伏したままだという。

「なにゆえ、反対する」

嫡子、吉憲は十七歳になると聞いている。病床にある藩主が隠居を望んでいるとあらば反対する理由はないはずだ。

「実は、吉憲様は側室のお子。しかも、吉憲様をお生みになった側室は産後の肥立《ひだ》ちが悪く、一年も経たずに他界しておるのです。……正室の萩乃様には長くお子が生まれなかったのですが、吉憲様ご誕生の七年後に男子を授かったようです。それが、十歳になられる次男の松千代《まつちよ》様でござる。……反対派は、この松千代様に継がせたいようなのです。むろん、次席家老たちの背後には萩乃様が糸を引いていることはまちがいないと見ておりますが」

「しかし、側室であろうと妾腹であろうと嫡子に家を継がせるのが、武家のならいではないか。それに、松千代君だが、十歳では藩主として若すぎよう」

「はい、ですが、吉憲様はご病弱とのこと。……このような激動のご時世に吉憲様ではこころもとないというのが、反対派の言い分のようで。それに、讃岐守様がご健在であればともかく、吉憲様にはしっかりとした後ろ盾がございませぬ」

「なるほど……」

確かに、このところあいついで異国船が来航したり、江戸城本丸が焼けたり、権勢を誇っていた老中、水野忠邦《みずのただくに》が追われたり、と世情は落ち着かない。江戸から遠く離れた肥前とて、安穏としてはいられないはずだ。藩士たちの、病弱な主君ではこの難局は乗り切れぬ、との思いもわからぬではない。

「もっとも、吉憲様は武張ったところのない、穏やかな性格というだけで、とくにどこがお悪いということもないらしいのです」

「それなれば、問題はあるまい」

「理由などなんとでもつきます。次席家老たちにとって、松千代様は傀儡にすぎませぬ。目的は幼君をたて藩政を掌握することにありましょう」

「それを見かねたご老中は、吉憲様が松江田藩を継げるよう一肌脱ごうというわけか」

阿部にすれば、仲人という立場上もあり、嫡子の吉憲に継がせたいと思うだろう。

「それもありましょうが、ご老中様がご懸念されておられるのは、ただのお家騒動ではないからでござる。まず、天狐と地狐。あやつらは、間違いなく忍び。それも、異様な術を身につけた妖忍でござる。……さらに、萩乃様のご乱行、ただごとではござるまい。今、幕府は内外ともに難問を抱えており、江戸の治安を脅かすような騒動を起こされたくないというのが本音でござろう」

「たしかに」

「実を申せば、萩乃様周辺の不穏な動きを察知した国許の城代家老、西倉彦右衛門《にしくらひこえもん》様が影目付《かげめつけ》として、一昨年五人の藩士を江戸に送ったのだが、すでに、四人が失踪しておるのです。……われらは、江戸の剣客が斬殺されたのは、影目付や吉憲様を擁立しようとする一派を始末するための隠れ蓑《かくみの》ではないかと見ておるのです」

相良によると、松江田藩には影目付という役職はないが、徒目付《かちめつけ》の中から特別に隠密役として選ばれ任に就いた者だという。

「すると、士学館の戸塚五郎太どのは影目付だったのか」

戸塚が松江田藩士であることは聞き知っていた。

「はい、戸塚どのは過去に江戸勤番として長く江戸に在府しており、その折、士学館にも通ったようでござる。……ただ、五人とも剣の手練《てだれ》というわけではござらぬ。なかには、長く勘定方にいて算盤《そろばん》に長じた者もいると聞いております。やはり、江戸勤めの経験があり、江戸藩邸の事情に通じているというので送り込まれたのでござろう」

「算盤……！」

唐十郎はハッとした。一瞬、小杉が割腹する直前、膝の上で小刻みに動かしていた指先が脳裏を過《よぎ》ったのだ。あれは、指先が覚えていた算盤の玉をはじく仕草が無意識裡に出たものではないか……。

「もしや、五人の影目付のなかに、小杉半之丞という仁《じん》がいたのでは？」

と、唐十郎は慌てて訊いた。

「ほほう、よくご存じで。先ほどお話しした勘定方にいたのが、小杉という藩士のようでござる」

「それなれば……！」

唐十郎は絶句した。

「どうされた？」

「おれが、その仁の首を刎ねた」

唐十郎は紅蓮屋敷での介錯の経緯をかんたんに話した。

「すると、小杉どのは中屋敷で……」

「しかし、解《げ》せぬな。あの男、覚悟の上の切腹だったぞ……」

太田は私闘で上司を斬ったための屠腹と話していたが、虚言だったのか。

（もしや！）

唐十郎は、小杉も萩乃という奥方と情を通じたのではないか、と思いあたった。そうであれば、小杉が切なそうな眼差しを御簾《みす》の奥に送ったことも納得できる。妖艶な魔性の女に魅入られ、心ならずも一夜を共にしたのかもしれない。

となれば、理由はどうあれ、主君の奥方との不義である。これ以上の不忠はない。

切腹が許されるならば、即座に願い出るであろう。

（それにしても、恐ろしき女性《にょしょう》よ）

唐十郎は背筋の寒くなるのを感じた。

あの奥方は、肌を合わせた男の斬首を、性的な興奮を得る目的で御簾の奥から観ていたことになる。まさに、淫獣のような魔性の女ではないか。

唐十郎が黙したままなのを見て、

「……いたしかたありますまい。こうなると、姿を消している他のふたりもすでに敵の手に落ちたと見た方がよろしいようですな」

と、相良がつぶやくようにいった。

「すると、陰謀の主は萩乃というあの奥方なのか」

「いや、それはどうですかな。地狐、天狐なる忍びを使い、江戸の剣客の呪殺とみせて影目付を始末する。これは萩乃様の知恵とは思えませぬな。何者かが、陰で操っておるような気がいたしますが」

といって顔を上げた。

唐十郎を見すえた相良の柔和な細い目の奥に、伊賀者を束ねる忍びの手練らしい鋭い光があった。

「ところで、江戸詰めの藩士のなかで、ご老中と通じているのはだれだ？」

唐十郎は相良の話から、松江田藩の内紛の子細を老中に伝えている者がいる、と察知した。おそらく、その者は相良とも接触しているにちがいない。

相良の話から、松江田藩の国許では城代家老の西倉が吉憲派であり、次席家老の安藤が松千代派の中心人物らしいことは知れたが、当然、江戸藩邸においてもそれぞれの派の中核となって策動している人物がいるはずである。

「江戸家老の林崎《はやしざき》外記《げき》様。……松江田藩にかかわる話の大半は、林崎様からの伝聞にございます。むろん、ご老中様ともご昵懇《じっこん》」

「………」

どうやら、林崎が江戸における吉憲擁立派の中心人物らしい。

「相手は？　まさか、江戸藩邸で正室の萩乃様だけが、松千代擁立で動いているわけではあるまい」

唐十郎は江戸で策動している敵方の中心人物を知りたかった。その者が、萩乃を陰で操っているとも考えられる。

「束ねているのは、御使番《おつかいばん》の太田又左衛門でござる」

「太田……！」

唐十郎の介錯の依頼に来た男である。小物すぎる、と唐十郎は思った。御使番は使者役で用人の配下である。世継ぎ問題に口を出し、藩政に影響を与えるような重職ではない。

「ですが、太田が萩乃様の影の人物とは思えませぬな。むしろ、萩乃様の手足となって動いていると見ておりますが」

相良も唐十郎と同じことを考えたようだ。

「清水は」

太田を配下においている用人の清水の方が影響力はあるはずである。事実、中屋敷では清水が差配し管理していると思われた。

「清水どのは、用人なれど、見た通りのご老体ゆえ……」

相良の口元にかすかな嗤いが浮いた。

清水という男は、藩内では偏屈な老人として通り疎《うと》んじられているという。松江田藩には江戸勤番の用人が三人いて、留守居役も兼務しているが、清水は厄介払いのようなかたちで中屋敷番をおおせつかっているという。

相良によれば、清水には藩政掌握の野望などないというのだ。

「すると、別に首謀者が」

「おそらく」

「何者なのだ」

「分かりませぬ。ですが、萩乃様はわが子かわいさと己の情欲だけで動いていると見ております。そうした萩乃様の心情を巧みに利用し、意のままに操っている人物がおるはずです。……おそらく、そやつが国許の安藤と直接つながっているのでござろうな」

相良は忍びらしい鋭い目を唐十郎に向け、

「首謀者の正体をつきとめるのも、われら伊賀者の任務にござる」

そういって、立ち上がった。

「ところで、咲どのは息災か」

唐十郎が雲水姿の相良の背に声をかけた。

紅蓮屋敷からの帰途、危機を救われて半月以上経つ。その間、咲は伊賀者として地狐や天狐を操る影の首謀者を探ろうとしていたはずだ。

「三日前、天狐の手突矢でかすり傷を負いましたが、すでに探索の任についておりまする。……また、唐十郎様とお仕事がしたい、と申しておりましたぞ」

振り返ってそういうと、口元に薄い笑いを浮かべた。

7

貉《むじな》の弐平《にへい》は、樫《かし》や檜《ひのき》などの杜《もり》にかこまれた稲荷《いなり》の裏手にいた。樹木のとぎれた間から松江田藩の中屋敷の表門が見えた。

満月にちかい月が、頭上で白絹のような光を放っている。屋敷内はひっそりと樹陰に沈み、家屋の輪郭さえも見えなかった。

弐平がここに張り込んで三日経つ。こんもりとした葉叢《はむら》が姿を隠してくれるし、滅多に稲荷に参拝にくる者もないので気をつかわぬ張り込みではあった。

河内進之助や戸塚五郎太、長谷川八郎などが斬り殺されたことには、弐平も同心の村瀬もそれほど心を動かされなかった。

道場に恨みをもつ者の復讐か、流派間の抗争ではないかと見ていたのだ。

だが、若い大工の女房と子供が巻き添えを食って惨殺されたことで、

(狐野郎め、八丁堀にも火を点《つ》けやがったぜ)

と、怒りをつのらせたのである。

河内進之助の身辺から探りはじめた弐平は、河内が殺される前日、松江田藩士と名乗る壮年の恰幅のいい武士が道場帰りの河内に接触し、そのままふたりで浅草方面に歩いていった、との話を同じ門弟から聞き込んだ。

さらに、戸塚も殺される数日前、壮年の松江田藩士と同行していたことを、同藩に仕える甚助《じんすけ》という中間《ちゅうげん》から耳にしたのである。

しかも、甚助は握らせた小粒銀が利《き》いたのか、

「一緒にいたのは、御使番の太田様ですぜ」

と教えてくれ、翌日、甚助のいる下屋敷に出向いた弐平に、あれが、太田又左衛門でさァ、と密かに顔まで拝ませてくれたのだ。

その日から、弐平は太田を尾けはじめた。

そして、しばしば太田が橋場町にある中屋敷に出入りすることをつかみ、屋敷の裏手にまわってみて、

「ここだ！　ここが狐野郎の巣だ」

と直感したのである。

屋敷の裏は大川である。しかも、敷地内から川に乗り出せるように船着場まである

のだ。天狐と地狐が舟を使って江戸市中に出没していることからして、この屋敷が隠れ家に間違いなさそうだった。

弐平はすぐに村瀬に知らせ、他の岡っ引きや下っ引きを動員して中屋敷を見張ることになった。

町方の狙いは、天狐と地狐である。藩士では町方も容易に捕縛するわけにはいかないが、屋敷を出てから大工の母子《おやこ》を殺害した下手人として挙《あ》げれば、松江田藩も文句はいえないはずである。

他の岡っ引きたちは近くの渡し場に猪牙舟《ちよきぶね》を用意し、舟で出入りする者に目をくばり、弐平は中屋敷の斜前《はすまえ》にある稲荷から表門を見張っていたのだ。

「お、親分、出ました！」

稲荷の赤い鳥居を転げるような勢いで潜ってきたのは、弐平が使っている庄吉《しようきち》という若い下っ引きだった。

「ば、ばか野郎！　でけえ声を出すんじゃねえ」

「で、出ました！」

弐平はギョロリとした目玉で、樫の樹陰から出てきた。

「何が出たんだ」

「狐野郎が、ふたり。猪牙舟で下流へ……」

「地狐と天狐か」

「へい」

「村瀬様には？」

「駒《こま》の野郎が走っていやす。それに、熊造《くまぞう》親分たちが、猪牙舟であとを追ってますぜ」

駒というのはもうひとりの下っ引きで、名は駒吉、弐平の手先で渡船場にひそませておいた。熊造の方は、舟の出入りを見張っていた岡っ引きである。

弐平はすぐに状況が把握できた。熊造とその手先の下っ引きが、屋敷を猪牙舟で出た天狐と地狐を追っているのだ。

それに付近の番屋《ばんや》にいる村瀬も猪牙舟で追跡するはずだった。

「よし、こっちも猪牙舟であとを追っかけるぜ」

「へい」

弐平と庄吉は駆け出した。

川沿いを走っても猪牙舟の速さには太刀打ちできない。こんなときのために、渡船場には余分の舟を繋いでおいた。

川面に猪牙舟の姿はなかった。皎々《こうこう》とした月光が、風のない川面で薄い銀箔を流したように輝いていた。

「庄吉、急げ！」

艪を漕ぐのは、庄吉である。

庄吉はお上の御用がないときは船宿の下働きをし、船頭にも駆り出されるので艪を操るのはうまい。

「親分、追いつけそうもありませんぜ」

懸命に艪を漕ぎながら弱音を吐いた。

「なァに、熊造が呼び子を吹く手筈《てはず》になってるんだ。狐野郎がどこから陸へ上がったか分かりゃァいい。庄吉、岸ちかくを下るんだ」

弐平たち岡っ引きでも、わずか三、四人の町方で捕縛できるような相手でないことは承知していた。

舟で出た場合は、上陸してから呼び子で町方を集める手筈になっていたのだ。そのため、川沿いの番屋には、番人に加えて岡っ引き、下っ引きなどがひかえていることになっている。

弐平たちの乗った舟は、橋場町から今戸町に入った。川端に点在する民家の先に鬱《うっ》蒼《そう》とした寺院の杜が見えてきた。この辺りは寺院の多いところだ。

辺りは静かだった。すでに、五ツ（午後八時）は過ぎており、灯《ひ》を消した民家は夜の帳《とばり》のなかに沈んでいる。ギシ、ギシと艪音がひびき、舳先の川面を切る水音が左右から包み込むように聞こえてきた。

やがて、舟は花川戸町ちかくにさしかかったとみえ、民家の家並の向こうに浅草寺らしい堂塔の尖端や甍《いらか》の一部が見えてきた。この辺りまでくると、川岸には船宿や小綺麗な料理屋などもあり、軒先の雪洞《ぼんぼり》や座敷の行灯《あんどん》の灯《ひ》がチラチラと川面に映っていた。

「親分、あの舟だ！」

庄吉が声をあげた。

前方に目を凝らすと、五、六町先の薄闇のなかに猪牙舟の舟影がかすかに見えた。どうやら、熊造たちの乗る舟のようだ。

「急げ、庄吉！」

「へい」

庄吉の艪を漕ぐ手に力がこもった。

8

「庄吉、熊造が舟を岸に寄せるぜ」

熊造たちの乗る猪牙舟が、急に速度を落とし右手の川岸に舟体を寄せはじめた。

「竹町《たけちよう》の渡しのようで」

艪を漕ぐ手を休めず、庄吉がいった。

駒形堂《こまがたどう》の手前の材木町に渡船場がある。対岸の本所竹町への渡し場で、竹町の渡しと呼ばれている。

「どうやら、狐野郎は陸へ上がったらしいぜ」

渡し場へ舟を着け、慌てて河岸の石段を上っていく熊造の姿が見えた。

すでに、数艘の猪牙舟が舫《もや》い杭に繋がれており、天狐と地狐の乗ってきた舟もそこにあるようだ。

「村瀬様はまだかい」

弐平は背後を振り返った。

村瀬もあとを追っているはずである。だが、川面にそれらしい舟影はなかった。夜の静寂《しじま》のなかで大川の水は滔々《とうとう》と流れ、汀《みぎわ》に寄せる水音がするばかりだった。

「庄吉、あそこへ着けろ」

「へい」

庄吉は巧みに艪を操って渡し場のそばに舟体をまわり込ませた。

「いいか、お前は、ここで、村瀬様を待て。ここからやつらが上がったことを知らせるんだ」

そういって弐平は立ち上がると、腰の十手を抜いた。


弐平が竹町の渡船場に降りたったころ、熊造は若い長七《ちようしち》という下っ引きと地狐と天狐のあとを尾けていた。

五尺そこそこで痩身の天狐。六尺を越える巨軀の地狐。ふたりとも黒の筒袖に裁付《たつつけ》袴だが、地狐の方は墨染《すみぞめ》の法衣《ほうえ》のようなものを着ている。黒い大小の人影は足音を消し、滑るように材木町の家並の陰を過ぎていく。

天狐と地狐は、表店の連なる通りをさけるように材木置き場や長屋の板塀などがつづく寂しい通りを小走りに浅草御蔵の方へ向かっていた。

忍び独特な走法なのだろう。やや体をかがめた前傾姿勢で疾走していく。まったく音をたてず、しかも迅《はや》い。

「親分、迅えや。……尾けられねえ」

長七が顔をこわばらせた。

「よし、この先には材木町の番屋がある。挟み撃ちにして、捕《と》ってやるぜ」

そういうと、熊造は懐から呼び子を取り出し、顎を突きあげてありったけの息で吹いた。

甲高い呼び子の音がピリピリと、夜の静寂を裂くようにひびく。

その音に、ふいに、先を走る天狐と地狐が立ちどまった。だが、振り返っただけで動かなかった。大小ふたつの黒い人影が彫像のようにつっ立っている。

道の片側は雨戸を閉めきった裏店がつづき、反対側は材木置き場になっていた。立て掛けた材木が、地面に巨大な櫛歯《くしば》のような影を刻んでいる。

ちょうど、その歯先あたりに天狐と地狐の大小の影が伸びたまま動かない。

「親分、あいつら何をしてるんで……」

長七が声を震わせた。

「おれたちを待ってやがるんだ」

熊造がそういって足をとめたとき、裏店の向こうで呼び子が鳴った。つづいて、材木置き場のある方角からも……。そして、複数の走り寄る足音が静寂を破るように聞こえてきた。それだけではなかった。駒形町の方からも、並木町の方からも、呼応するように呼び子の音がおこった。多勢である。

「来た！　番屋から駆けつけてくれたようだぜ」

熊造の両眼が、獲物を前にした獣のように光った。

長七、行くぜ、と声をかけ、十手を突き出すように構えてそろそろと動かない人影の方に近付いていった。

そのときだった。サッと黒い影がひとつ、上空へ飛んだ。まさに、それは飛びたった黒い巨大な怪鳥《けちょう》のようであった。

天狐だった。

一瞬の間に、天狐は裏店の柿葺《こけらぶき》の屋根の上に立っていた。近くの板塀に足をかけ跳躍したのだが、その素早い動きに熊造たちには飛んだように見えたのだ。

そして、天狐は疾走する獣のように屋根を伝い、熊造たちの方に迫ってきた。

「お、親分……！」

長七の足がとまり、顔がひき攣《つ》った。

そのとき、熊造はつっ立ったままでいる地狐の向こうに、龕燈提灯《がんどうちょうちん》の灯《ひ》が揺れ、

五、六人の人影が走り寄るのが見えた。御用、御用という声も聞こえた。近くの番屋から駆けつけた仲間たちだ。熊造は三、四人で取りかこめばなんとかなる、と踏んだ。

「野郎、くるならこい。熊造が捕ってやるぜ」

そういうと、熊造は威勢よく十手を持った手の袖をたくし上げた。

長七も仲間の姿を目にして勢いづいたのか、目を攣《つ》りあげ十手を腰から引き抜いて身構えた。

屋根伝いに走り寄った天狐は、熊造と長七を見下ろすような位置に立った。口元に嘲弄するような嗤いが浮き、両眼がうすく光っている。

ふいに、天狐はヒョゥ、ヒョゥ、と夜禽の鳴くような不気味な声を出し、手突矢を右手に持ったまま両腕を大きく横に広げた。

……と、そのまま天空へ飛んだ。

滑空する黒いムササビのようだった。天狐は風を切り、十手を構えた熊造の頭上から背後へと降下した。

そして、着地する寸前、ヒョッ！　という鋭い気合を発し、手突矢を放った。

熊造の体が一瞬伸び上がり、大きくのけ反った。盆《ぼん》の窪《くぼ》から刺さった手突矢の先が喉から突き出ていた。

悲鳴も呻き声もなかった。熊造は喉を掻きむしりながら朽ち木が倒れるように、そのままドウと仰向けに倒れた。

ひょい、と天狐は倒れた熊造のそばに跳び、手突矢の柄をつかんで引き抜いた。その途端、血が赤い棒のように噴き上がった。

ヒュッ、ヒュッ、と喉を裂くような音がした。血の噴く音ではなかった。手突矢は気道をも突き破ったらしく、そこから気のもれる喘鳴《ぜんめい》だった。

「お、親分……！」

長七は、金縛りにあったように身動きできなかった。

恐怖と驚愕《きょうがく》に激しく身を震わせながら、天狐のあの奇妙な声は喉からもれてくるこの音を真似たのだ、と長七は頭のどこかで思った。

我に返り、長七が逃げようと体を反転させた瞬間だった。

天狐は、ヒョッ、と気合を発して手突矢を投げた。

一方、半町ほど先の路上につっ立ったままの地狐は、金剛杖を右手に持ち捕方がとりかこむのを待っていた。

走り寄った捕方は六人。手に手に、十手、番屋に常備されている突棒《つくぼう》、刺又《さすまた》、袖搦《そでがらみ》などを持っている。

御用！　御用だ！　と叫びながら、番人や岡っ引きたちが地狐のまわりを遠巻きにした。

「来たかい。うぬらの相手は、このおれだ」

地狐はニヤリと嗤い、手にした金剛杖を頭上でビュンビュンと振りまわした。

捕方たちは、地狐の巨体と異様な風体に気圧《けお》され、遠巻きにしたまま、御用、御用、と声をあげるばかりで近付けない。

「ならば、こちらからいこうかい」

地狐はそういうと、正面で突棒を構えている番人の方へ突進した。

腰を引きながら、番人が突棒を突き出す。それを、金剛杖で下から撥《は》ね上げ、一回転させて側頭部を打つ。

凄まじい強打だった。グシャ、と頭蓋《ずがい》の砕ける音がし、番人は横にふっ飛んだ。

地狐は間髪をいれず、黒の法衣をひるがえしながら、右手にいた刺又の番人との間合をつめる。巨軀だが動きは敏捷で、腰のあたりに突き出された刺又の柄を金剛杖で押さえ、そのまま身を寄せて、杖の先で番人の胸を突き飛ばす。

胸骨を砕く鈍い音がして、番人は路上へ叩きつけられた。

さらに、反転して後方の十手を持った岡っ引きに走り寄り、金剛杖を頭上へ振り下す。岡っ引きは十手をのばして受けたが、強烈な打撃にそのまま頭蓋を割られ、腰から砕けるように倒れ込んだ。

まさに、疾風怒濤《しっぷうどとう》の攻撃だった。金剛杖が唸り、黒い法衣が渦を巻くように疾駆して、またたく間に三人を撲殺した。

「に、逃げろ！」

岡っ引きたちは、恐怖に身が竦《すく》んだ。

ひとりが悲鳴をあげながら、手にした龕燈《がんどう》を地狐に投げつけ反転して駆け出すと、他の番人たちも手にした捕物道具を放り出していっせいに逃げ出した。

地狐は逃げた捕方たちのあとを追おうとはせず、甲高い笑い声をあげながら悠然と歩き出した。しばらく行くと、いつの間に追いついたのか、天狐が地狐の影に隠れるようについてきていた。

大小ふたつの影が、踊るように浅草御蔵の方に向かっていく。

風が出たらしく、地狐の法衣がその体に絡まり、足元にちいさな砂埃《すなぼこり》がたった。

一町（約一〇九メートル）ほど離れた板塀の陰から、弐平は三人の捕方が逃げるのを身を震わせながら見ていた。

「だ、だめだ。捕れねえ……」

まさに、修羅場だった。

瞬時の間に喉を刺しつらぬかれ、頭蓋を砕かれ、胸を突かれて五人の仲間が即死した。その場を目のあたりにして、弐平は手が出せなかった。

猛禽のように鋭く軽捷な天狐と大熊のように荒々しい地狐の猛攻撃は、弐平を怯えさせ身を竦ませるに充分だったのだ。

「お、親分、呼び子を……」

背後に身を隠していた庄吉が、震え声でいった。

「だめだ、吹けねえ！　下手に呼べば仲間が殺《や》られるだけだぜ」

弐平は十手を握りしめながら、遠ざかっていくふたつの黒い影を見送ることしかできなかった。

第三章　影目付

1

黒雲が礫《つぶて》のように流れていた。風が出たらしく、障子がカタカタと音をたて庭の雑草が波のように揺れている。風のせいで庭で鳴きたてる夏虫のすだきは少し細くなったが、それでも、絶え間なく聞こえてきた。

日中の暑さが嘘《うそ》のように、しのぎやすい晩だった。

唐十郎は庭に面した居間で、弥次郎と茶碗酒を飲んでいた。

「……呼び子の音が消えたな」

唐十郎は手の茶碗を膝先に置いた。

さっきから大川方面で聞こえていた呼び子の音が、とだえたようだ。

「大捕物のようでしたな」

弥次郎は酒を口に含むようにして飲んでいた。

酒は強いが、酔うほどには飲まない。しかも、唐十郎から相良の依頼内容を聞き、

(いつ、敵の襲撃を受けるか分からぬ)

と思っていたので、酒はほどほどにしていたのだ。

「また、妖狐《ばけぎつね》が出たのかもしれぬな」

「町方に捕《と》れましょうか」

弥次郎も茶碗を脇へ置いた。

「さて、どうかな。……大勢で袋小路へでも追い込めばだが」

まず、無理だろう、と唐十郎は思っていた。

それに、あの程度の呼び子の音では集まった捕方の人数もしれている。呼び子の音がやんだのは、ふたりを取り逃がし、行方も見失ったためであろうと推測した。

「若、ふたりで討てましょうか」

弥次郎もふたりで天狐や地狐を討つことを承知していた。むろん、相良からの金の半分は弥次郎に渡っていた。

「やってみねば分からぬが、あやつらは忍びだ。……奇襲をゆるさず、真っ向勝負ならば、勝機はあろう。……むッ」

そのとき、唐十郎は庭の方でかすかな物音を聞いた。風ではない、獣が雑草を分けるような音だ。庭の夏虫のすだきが乱れている。

「若！」

弥次郎も察知したようだ。

すぐに、傍らの差料を引き寄せた。

「……ふたりか」

唐十郎も祐広を手にした。

一尺ほど開いた障子から庭が見えるが、むろん侵入者の姿は見えない。

だが、近くにいる気配がする。夜盗や無頼《ぶらい》の徒ではない。足音を消し、夜陰に姿も隠しているようだ。動きをとめたらしく、また虫の音が庭全体から湧き出すように聞こえてきた。

「若、もしや」

弥次郎がハッとした表情を浮かべた。

「天狐に地狐か！」

唐十郎は手で表に飛び出すよう、弥次郎に示した。

小宮山流居合には座敷内で敵に対応する技もあるが、敵は忍びである。手突矢と金剛杖だけで攻撃してくるとは限らない。手裏剣や弓などで障子の外から攻撃されたら防ぐのがむずかしい。

承知、と弥次郎は小さくうなずいた。

ふたりは同時に動いた。障子を開け放ち、柄に手をかけたまま縁側から庭に飛び出した。右手に唐十郎、左手に弥次郎が飛び、敵の攻撃を迎え撃つ抜刀体勢をとる。

右手にひとり、地狐が雑草の中に仁王のようにつっ立っていた。

「弥次郎！　屋根だ！」

唐十郎が叫ぶのと同時に、左手に飛び出した弥次郎の背後に黒装束の天狐が落下してきた。

ヒョゥ！　という甲高い叫びが聞こえ、手突矢が飛来する。

弥次郎はさらに左へ腰を捻りながら抜きつけの一刀を放ち、手突矢を払った。左身抜打《さしんぬきうち》である。

ガチッ、と甲高い金属音がし、黒装束の天狐は大きく後転して縁側に降りたった。手突矢を肩口に担ぐように構えている。どうやら、弥次郎の背後を狙って屋根から飛び下りたらしい。

「こやつ、できるわ」

天狐の口元が驚きに歪んだ。弥次郎の腕を、あなどったのであろう。

抜刀した弥次郎は、遠間《とおま》のまま縁側に立った天狐の胸元に切っ先をつけていた。

「居合が抜いたのだ。恐れることはあるまい」

地狐が金剛杖を頭上で回転させながら、大声でいった。

「小宮山流居合、虎足《こそく》!」

叫びざま、弥次郎は下段に構え、鋭い踏み込みで一気に天狐との間境《まざかい》へ入った。獲物を追いつめる夜走獣のようであった。

虎足は獲物を追う猛虎のように激しい気勢を込めて敵の正面へ迫り、鋭く敵の握る刀の柄元へ斬りつける技である。右腕への斬撃だが、柄元へ斬り込むような踏み込みと太刀筋が技の命でもある。

当然、手突矢を肩に担ぐように構えている天狐の右腕は狙えない。しかも、すでに抜刀しているため、抜きつけることもできない。

だが、弥次郎は虎足の気勢と寄り身で迫れば、天狐が手突矢を投げる、と踏んだのだ。

弥次郎の狙い通り、激烈な寄り身に一瞬虚を衝《つ》かれた天狐は、ヒョウイ! という叫び声をあげて手突矢を投じた。

すかさず、弥次郎は下段から虎足の呼吸で斬り上げた。

手突矢が火花を発して撥ね飛び、障子を突き破って座敷へ飛んだ。

間髪をいれず弥次郎は踏み込み、天狐の肩口へ袈裟に斬りつけた。瞬間、天狐の体がパッと跳ね上がり、腰を落とした弥次郎の肩口を越えて庭へ飛んだ。

弥次郎は反転し、さらに天狐との間合へ迫る。

小宮山流居合は、一度抜刀すると敵を追いつめ屠《ほふ》るまで攻撃の手を休めない。激しい動きのなかで間積《まづも》りと拍子をつかんで敵を追いつめ、斬撃の好機を生み出すのである。

弥次郎が間合をつめ胴へ斬り込むと、天狐は背後に大きく跳び、ヒョッ、ヒョウイ！　と叫び声をあげながら雑草のなかを走った。

一方、唐十郎は地狐と対峙《たいじ》していた。

祐広の柄に手を置き居合腰のまま地狐との間合を測っていた。およそ、二間。地狐の巨軀は一足一刀の間境の外にある。

（……鬼哭の剣を遣う）

巨軀を鎖帷子《くさりかたびら》で覆っている地狐を屠るには、首筋を斬るより他になかった。幸い、小宮山流居合には一子相伝の必殺技である鬼哭の剣があった。

これは、抜きつけの一刀を逆袈裟に斬り上げ、敵の首筋を切るものである。首の血《ち》管《くだ》を切るために激しく血が噴出する。その音が枯れ野を渡る風のように物悲しく、鬼哭を思わせることから、この名がついた。

この鬼哭の剣は片手打ちであり、しかも前に跳びながら抜きつけるため上体も伸びる。二尺一寸七分の祐広の刀身が大きく伸びて、四尺ほどの長刀と同じ威力を生む。したがって、刀を構え合った場合の一足一刀の間境の外から仕掛けられるのだ。

唐十郎は居合腰のまま、遠間で抜刀の機をうかがっていた。

地狐は雑草のなかに立ちながら、金剛杖の端をつかみ頭上でびゅんびゅんと振りまわしていた。

まず、側頭部を狙い、薙《な》ぎ払うような一撃をあびせてくるはずである。

(その起こりを狙おう)

唐十郎は、地狐が右腕で金剛杖を打ち出す瞬間をとらえようとした。

静止したままの唐十郎に、地狐は仁王のように顔を赤くし、

「おれを斬ることはできぬわ」

と叫びざま、一歩間合をつめようと動いた。

刹那、唐十郎の身が躍り、祐広が鞘走《さやばし》った。

イヤアッ!

裂帛《れっぱく》の気合とともに、逆袈裟に抜き上げた祐広の切っ先が伸びる。

(浅い!)

蹴る瞬間、唐十郎は足裏が雑草にすべって跳躍がわずかに短かったのを感知した。手の内に肉を裂いた感触はあったが、首筋ではない。

同時に身を低くして跳んだ唐十郎の頭上を、地狐の金剛杖が唸りをあげてかすめる。

一瞬、両者の動きが二尺ほどの間を置いてとまったが、次の瞬間、地狐の杖が唐十郎の胸部を狙って突き出された。

側頭部を狙って振りまわした杖を引きつけ、接近した唐十郎の胸を突こうとしたのだ。唐十郎は身を捻ってその突きをかわし、背後に大きく跳んだ。

地狐の左頰が裂け、血が流れ出ていた。逆袈裟に抜き上げた祐広の切っ先が地狐の頰肉を抉《えぐ》ったようだ。

「おのれッ！」

背後に退く唐十郎に、地狐は金剛杖を振り上げ大熊のような勢いで猛追してきた。

そのとき、弥次郎が地狐の左手から突進してきた。

「若！」

叫びざま、弥次郎が地狐の脇腹に斬りつけた。

ガッ、という鈍い音を発して、弥次郎の刀身は地狐の胴でとまった。法衣が裂けただけだった。

だが、地狐は驚愕したように足をとめ、杖を振って弥次郎を背後に退かせると、

「ふたりは、相手にできぬわ」

といって、身をひるがえして駆け去り、庭の隅の枝折《しお》り戸の方へ姿を消した。黒い突風が吹き過ぎたようだった。

「若、お怪我は」

弥次郎が唐十郎のそばに走り寄った。

「いや、無事だ。……姿が見えぬが、天狐を斬ったのか」

「それが、逃げられました」

得物を失った天狐を弥次郎は庭の隅まで追いつめたが、跳躍して板塀を越えそのまま姿を消したという。

「いずれにしろ、弥次郎のお陰で助かったわけか」

唐十郎は祐広を鞘に納めながらいった。

おそらく、唐十郎ひとりを襲うつもりで忍び込んだにちがいない。前回のこともあり、ふたりで襲えば勝てると踏んだようだ。

「次は別の手でこような」

今回の襲撃で弥次郎の腕を知った天狐と地狐が、次に何を仕掛けてくるか、唐十郎の胸に一抹の不安が生じた。

2

天狐と地狐が姿を消してから四半時《しはんとき》（三十分）もしたとき、ひょっこりと駱の弐平が顔を出した。

「野晒の旦那、何があったんです？」

弐平は驚いたように目を剝いた。

庭の雑草が踏み倒され、いくつかの石仏が横転していた。無残に首のもげているものもある。

唐十郎と弥次郎は庭に出て、倒れた石仏を立て直していた。

「弐平、お前こそどうした、こんな夜更けに……」

唐十郎はもげた石仏の首と胴を両手に持って、このままというわけにはいかぬな、石甚《いしじん》に彫ってもらうか、とひとりごちた。

石甚というのは、唐十郎が石仏を頼んでいる近所の石屋である。

「ちょいと、鼻が動きやしてね」

弐平は猪首をさらにひっこめて心底を覗くような目をした。

「鼻が……。金の臭いか」

唐十郎が手の石仏から顔をあげて訊いた。

弐平と唐十郎は気心の知れた者同士だった。時折、弐平が唐十郎の家に顔を出すこともあったし、唐十郎の方から弐平の家を訪ねることもあった。

唐十郎が介錯や追手などを依頼されたとき、身辺調査や探索などを弐平に頼むことがあったのだ。依頼主の言をそのまま信じて相手の命を奪うと、ときには縁者の恨みを買ったり、思わぬ犯罪の片棒を担いだりしないとはかぎらない。そこで、相応の金を弐平に握らせて調査や探索を頼むのだ。

少々金にうるさいのが難点だが、弐平は信頼できる腕のいい岡っ引きだった。

弐平は、ヘッ、ヘヘ……と嗤《わら》いながら、唐十郎のそばにやってくると、

「こいつは、喧嘩や押し込みじゃァねえな。おふたりさん、あっしが、この狼藉者を当ててみやしょうか」

といって、傍らにいる弥次郎にもチラリと目をやった。

「ほう、だれと読む」

「天狐に地狐。……どうです、ずばりでやしょう」

弐平は唐十郎の顔を見て、ニヤリとした。

「なるほど。さきほどの捕物に加わっていたのか」

唐十郎は、天狐と地狐の襲撃の前に大川の方で呼び子が鳴っていたのを思い出した。

「だが、どうしてここに来た」

町方の手から逃れた天狐と地狐が、ここに来ることは分からなかったはずだ。それに、真っ直ぐここに来たにしては時間がかかり過ぎている。呼び子が鳴ってから、半《はん》時《とき》（一時間）は過ぎているのだ。

「なに、ちょいと、訊きてえことがあったもんで……。覗いて見ると、これだ。それで、すぐにあの狐野郎がここに来たにちげえねえ、と見当をつけたわけでさァ」

「そういうことか」

「ところで、旦那。まさか、この破れ道場に押し込んだわけじゃァねえんでしょう、あの狐野郎が」

また、弐平は心底を覗くような目をして唐十郎を見た。

「こっちも、多少のかかわりがあってな」

唐十郎は隠すこともあるまいと思い、紅蓮屋敷でのことから地狐と天狐に襲われたことまでをかんたんに話した。

「するってえと、旦那は狐野郎に狙われてるわけで……。そいつは、好都合だ」

弐平はギョロリと目玉を光らせて、二、三度うなずいた。

「何が好都合だ。おれが、狐の餌食《えじき》になるのがうれしいのか」

「と、とんでもねえ、旦那はあっしの守り神なんで。化け狐を退治してくれる生き神様なんですぜ」

弐平は顔を赤くしてまくしたてた。

「ただの金蔓《かねづる》だろう。まァ、いい。……ところで、何か訊きたいことがあって来たそうだな」

「へい」

「まず、それを聞こうか」

「いま、旦那の話を聞いて、狐野郎が斬り殺す理由のひとつは、口封じじゃァねえかと気付きやしたが、まだ、ある」

「なんだ」

「刀なんで。……間違いなく、やつらの狙いは殺した相手の差料《さしりょう》を奪うことにあるようなんで」

　弐平がいうには、殺された三人とも差料を奪われていたという。しかも、所持した金品はそのままなので、差していた刀だけが目的だというのだ。

「すると、これも奪うつもりだったか……」

　唐十郎は腰の祐広に手をやった。

「旦那、何か、その刀を狙われる覚えがありやすか」

「ない、な」

　備前一文字祐広。父の代から使用している実戦用の居合刀である。名刀を集めるため、金を惜しまない蒐集《しゅうしゅう》家もいるし、力ずくで奪う者もなくはない。しかし、祐広はそれほど名の知れた刀鍛冶の作ではないし、世情での刀剣としての価値は高くない。

「今までに、奪われた刀は？」

　唐十郎が弐平に訊いた。

「へい、あっしが調べたところでは、河内進之助の差料が、土佐吉光《とさよしみつ》だそうです。他のふたりの差料は、無銘のものだったようですが」

「土佐吉光……」

名の知れた刀匠ではあるが、とくに蒐集家が触手をのばすような刀とも思えなかった。身幅《みはば》が広く重ねの厚い刀身で、刃文は直刃《ちょくば》である。切っ先まで同じ身幅で延び、太刀姿《たちすがた》にも豪壮さや華麗さはなく、どちらかといえば素朴な実用刀といえる。

ただ、清澄な刀身には冴えがあり、大業物《おおわざもの》といえる鋭い切れ味がある。剣に生きる者にとっては、手放したくない名刀といえるかもしれない。

（一味にとって、何か特別な意味のある刀のようだが……）

名刀でもないし、奪った刀に共通する特徴があるとも思えなかった。

まさか、奪われた刀の名を知らせに来たとも思えなかった。

「それで、弐平、おれに何が訊きたい」

「へい、実のところ、刀のことなら旦那に訊けばよかろう、と村瀬様にいわれましてね。……土佐吉光ですが、何か思い当たることはありませんかね」

「ないな。土佐吉光が狙いではなかろう。無銘刀を二本奪っているし、おれの刀は居合用の特種なものだ。刀匠や造りではなかろう。何か別の意味がありそうだ。……たとえば、斬れ味が鋭いとか、血を吸ったばかりの刀とかな」

唐十郎は、祐広の名以外に何かあるとすれば、小杉の首を刎《は》ねたことぐらいしか頭に浮かばなかった。

「……ですが、殺された三人がそろって首を刎ねたとも思えねえ。それに、そんな刀、集めて何になるんです？」

「さてな。あの狐のふたりに聞いてみるよりほかあるまい」

唐十郎にも分からなかった。

「ところで、旦那。当然、このままというわけにはいきませんや、ね」

弐平は急に声を落とし、唐十郎のそばに来てちらりと見上げると、

「狐野郎が屋敷を出たら知らせに来やすから、頼みますよ。本間様もね」

そういって、唐十郎と弥次郎を交互に見た。

「どういうことだ？」

「寝首を掻かれるのを待ってる手はねえでしょう。あっしの方も、仲間を大勢殺《や》られちまったんで放っちゃァおけねえ。……それに、化け狐退治は世間様のためにもなるってもんですぜ」

「おれに斬らせようって魂胆か」

「へへへ……。どうせその気なんでしょ。相身互《あいみたが》いってやつですぜ。それじゃァ、あっしはこれで」

そういうと弐平は踵を返し、ひょいひょいと雑草や石仏を飛び越えて枝折り戸の方

へ姿を消した。

3

深川、大川に面した御舟蔵の裏手に、長雲寺《ちょううんじ》という小さな寺があった。周囲を樫《かし》や欅《けやき》の深緑がおおい、降るような蟬しぐれにつつまれていた。

日中でも薄暗い境内《けいだい》には朽ちかけた本堂と庫裏《くり》があり、住職はいるらしかったが、いつもひっそりとしていた。ときおり、近所の子どもたちが遊び場に使うようなこともあったが、今は薄闇につつまれ沈んだような静寂《しじま》が境内を支配している。

その境内に、黒の法衣姿の雲水が山門を前にしてひとり黙然と立っていた。

やがて、蟬しぐれが乱れ石段を登る足音がして、ふたりの武士が山門に現われた。壮年のひとりは、絽羽織《ろばおり》に縦縞《たてじま》の袴、相応の身分の武士らしかった。もうひとりは小袖に袴姿で、軽格の藩士といった身装《みなり》の若い武士だった。

「……もしや、相良甲蔵どのでござるか」

壮年の武士が、立っている雲水に声をかけた。

「いかにも、竹中《たけなか》どのにござるか」

雲水は笠を取った。

その顔は相良である。

「はい、竹中でございます」

「それなるご仁は」

相良は竹中のそばにいる若い武士に目をやった。

「これなるは、わが藩の徒目付《かちめつけ》の笠間彦九郎《かさまひこくろう》にございます」

竹中が傍らの若い武士を紹介すると、

「笠間にございます。お見知りおきを」

若い武士は相良から視線をはずさず、ちいさく頭を下げた。

首筋や両腕にはひき締まった筋肉が付いていた。隙のない所作や鋭い眼光からも、修行を積んだかなりの遣い手であることが見てとれた。

竹中と名乗った壮年の武士は竹中忠左衛門《ちゆうざえもん》といい、松江田藩江戸家老の林崎外記の配下の用人であり、江戸における松千代擁立派との政争に林崎の密命をうけて動く腹心のひとりでもあった。傍らの若い藩士は、五人の影目付のうちの生き残ったひとりである。

二日前、相良は綾部伊予守を通して林崎と会い、橋場町の中屋敷に不穏な動きがあることを伝えた。

すると、林崎は老齢の面貌《おもて》に苦渋の皺《しわ》を刻んで、

「奥方様のご行状、ただごとではないと承知してはいた。さればこそ、国許より密かに派遣された影目付は、奥方様のご身辺を探ることに専念していたのじゃが……」

そこで林崎は言葉をきり、無念そうな顔をして、

「……どうやら、五人の影目付のうち四人は敵の手に落ちたようなのじゃ。残るはひとり、笠間彦九郎と申す者で、清剛流《せいごう》をよく遣う。……やはり、笠間も単独で中屋敷を探っているのじゃが、いまだ、奥方様を操っていると思われる首魁《しゅかい》の姿が見えぬ。どうであろう、相良どの、笠間と手を合わせ、松千代様擁立を謀《はか》る奸臣《かんしん》どもの陰謀をつきとめてはいただけぬか。……それにな、このままにしておけば、ちかいうちに笠間も敵の手に落ちるであろうからのう」

そういい、用人の竹中に同道させるといった。尚、清剛流とは、松江田藩に伝わる土着の剣の流派だという。

「承知つかまつりました」

相良は、長雲寺の境内と酉《とり》ノ刻《こく》（午後六時）を告げ、ふたりに会うことを約して林崎の許を辞去したのである。

初対面の挨拶が済むと、竹中は左右に視線を投げて、

「このような場所で、構わぬかな」

と不安そうな表情を浮かべた。

密談をするような場所ではないと思ったようだ。

「ご案じめされぬな。この寺の住職は、われらの仲間でございます。さらに、境内の杜にも配下の者を伏せてございますので、犬一匹近付けませぬ」

相良は微笑しながらいった。

幕府の隠密御用をつとめる御庭番が、江戸町内に探索の手先に使う岡っ引きのような者や遠国《おんごく》御用の際に旅行の案内や荷物運びをさせる者を確保していたように、相良たち伊賀者にも世情を探ったり下働きをする者がいた。

ふだんは、商人や職人として自活しているが、相良たちの求めに応じて動くのである。おそらく、この寺の住職もそうした手合のひとりなのであろう。

「されば、相良どの、さっそくでござるが、お調べいただいたことを話してはいただけぬか」

笠間がこわばった顔でいった。

「ようござる」

相良は、ちかごろ天狐、地狐と名乗る忍びが、町道場の高弟を斬殺していることから、唐十郎が中屋敷で体験したことなどをかいつまんで話した。

「すると、小杉半之丞は中屋敷で自ら腹を切ったといわれるのか！」

笠間は小杉の顚末《てんまつ》を聞いて驚愕し、顔をこわばらせた。

「いかにも、何者かにそこまで追いつめられたということでござろうな」

相良は唐十郎が介錯したことや、小杉が奥方と不義を犯した可能性があることは、話さなかった。ただ、奥方の常軌を逸した乱行は伝えた。

「もしやとは思うたが、萩乃様が、そのような狂態をのう！……松千代君をお生みになり、殿の寝所から遠ざかってより、人が変わられたようじゃ」

竹中が顔を曇らせ嘆息をもらした。

「さて、拙者もおふたりにお訊きしたいことがござるが」

相良が言葉をあらためていった。

「なんなりとお訊きくだされ」

「しからば、まず、これでござる」

相良は懐から天狐、地狐、人形の描かれた紙片を取り出し、これに覚えはござらぬか、と訊いた。

「いや、まったく……」

ふたりは首を振った。

「中屋敷に出入りしているようだが、天狐、地狐なる忍びの者については」

「そのような者、藩士のなかにはおりませぬ」

竹中が否定した。

「ところで、松江田藩では忍びを隠密として遣うようなことはございませぬか」

相良が訊いた。

諸国の藩のなかには、幕府の隠密や領内でおこる一揆などに対応するため、幕府の御庭番と似たような隠密組織を擁しているところもある。

通常は目付《めつけ》や横目付《よこめつけ》として、下級藩士の勤怠を観察したり不正を告発したりしている者が多いが、何かことがあれば、藩主や家老などの密命をうけて隠密行動をとるのである。

相良は、松江田藩にもそうした忍びの影の組織がある、と踏んだのだ。

「いや、そのような者はおりませぬ。……ただ、家臣ではないが、忍《しの》び組《ぐみ》と称する一団がおり、領内に一揆や打ち壊しなどの不穏な動きがあるとき、密かに探らせることもあると聞いてはいますが……」

竹中は曖昧《あいまい》に応えた。

「忍び組……。家臣ではないとすると、伊賀や甲賀の者でござるか」

「いやいや、そのような者ではない。確かな正体は知れぬが、郷士や神官、あるいは百姓などのなかにもおると聞く。……金で雇われ、郡奉行《こおりぶぎょう》や目付などの手先になって領民のなかに潜入して探る者たちでござる」

「なれど、忍び組と呼ばれているところをみると、組織を束《たば》ねている者もいるはずだが」

相良は忍び組が気になった。

「確か、横瀬《よこせ》ノ百造《ももぞう》なる者が頭《かしら》だと聞いた覚えがあるが……」

竹中によると、百造は十貫流の道場主とも修験者ともいわれ、その正体を知る者は少ないという。ただ、百造も忍び組の者も卑《いや》しい家柄で、藩政にかかわることなど考えられぬ、とのことだった。

「横瀬ノ百造……」

地狐や天狐が、忍び組の者かもしれない。そして、地狐と天狐のどちらかが百造か、あるいは密かに江戸に潜入している百造の手下とも考えられる。

(百造なる者、忍びの手練とみていい……)

長く伊賀者を束ねてきた相良の勘だった。

「……ところで、男ながらに化粧《けわい》をいたし、舞いのごとき身のこなしで怪しい剣を遣う者に覚えはござらぬか」

相良は大川端で見た牢人のことを訊いてみた。

「ま、まさか！」

笠間が顔色を変えた。

「ご存じのようでござるな」

「拙者、面識はござらぬが、わが藩内に鳥飼京四郎と申す十貫流の遣い手がおるとのこと。そやつ、女子のごとき衣装に化粧をいたし、怪しい剣を遣うと聞いた覚えがございます。……ちかごろは馬込《まごめ》の妖鬼《ようき》などと呼ぶ者もおります」

「妖鬼……！」

「女のごとき容貌に似合わず、凄まじい剣を遣うためそのように……」

「すると、忍びではござらぬな」

「はい、牢人にございます。……鳥飼は飛蝶の剣と称する技を得意としております。その剣は舞う蝶のごとき華麗なれど、あまりに迅《はや》きゆえ太刀筋を見ることはできぬそうでございます」

「飛蝶の剣！」

まさに、飛蝶のごとき姿であった、と相良は白装束の鳥飼の姿を思い浮かべた。

(だが、あれは白き毒蛾だ)

舞うような身のこなしで六平の首を刎ねた剣に、相良は戦慄と憎悪を覚えた。まさに、妖鬼の剣なのかもしれない。

「すると、鳥飼が敵側に」

笠間は顔をこわばらせたまま訊いた。

「さよう、刺客として呼び寄せたのかもしれませぬな」

相良は唐十郎の剣と鳥飼の剣を脳裏に浮かべてみた。

(唐十郎どのでも、斬れぬかもしれぬ)

との不安が湧いた。

4

長雲寺の境内は濃い闇につつまれはじめていた。

いつの間にか、蟬しぐれはやんでいる。杜《もり》の樹穴にでもいるのか、夜陰を震わすような低い梟《ふくろう》の鳴き声が聞こえていた。

三人は本堂の階《きざはし》へ来て腰を落としていた。

「昨年、五人の者が影目付として江戸にまいってより、中屋敷の動きには目をくばっておりました」

竹中は、欅の樹上の満月に目をやりながらいった。

「さようでござるか。……されば、中屋敷の内部の様子、詳しく話してはいただけぬか」

相良が訊くと、竹中が、包み隠さずお話しいたそう、と前置きして、

「あの屋敷は前藩主の隠居所として造られましたが、ご逝去《せいきょ》後は殿の保養や休養の屋敷として利用してまいりました。ところが、ここ二年ほど殿のお体がすぐれず、下屋敷からほとんどお出にならないため、休養と称し、奥方様が頻繁《ひんぱん》にご利用なされておいでございました」

「ふだん住んでいる者は」

「士分の者は、中屋敷番である用人の清水勘介どの、それに御使番の太田又左衛門どの、その他六名の藩士がおります。むろん、奥方様やまれに殿がお出かけなさるときは、相応の家臣や腰元などがお供いたします」

「その太田どのが、松千代様擁立の先鋒として動いているようだが……」

すでに、相良は林崎から太田の名は聞いていたのだ。

「残念ながら……」

このところ、中屋敷番の清水は耄碌《もうろく》しだいぶ耳目が衰えたという。さらに、清水には偏屈なところがあって、藩士に相手にされないのを幸い、太田が萩乃とさかんに接触して動きまわっているというのだ。

「すると、中屋敷が松千代様擁立派の牙城とみなすこともできましょうか」

「はい、それゆえ、われらは中屋敷へ出入りし、探ったのでございます」

笠間が応えた。

「なるほど……。それで、何か不穏な動きはございましたか」

「それが、奥方様のご乱行については多少聞き込みましたが、その他のことは……。ただ、中屋敷の庭で何度か真剣での立ち合いがあり、奥方様やお供の者が御覧になった様子。あるいは、江戸の道場の門弟が斬殺された件とかかわりがあるのでは……」

「小杉どのを除く、三人の影目付の腕は」

「はい、皆川《みながわ》と藤野《ふじの》の両名が十貫流を、戸塚は鏡新明智流を遣い、いずれも、藩内では名の知れた手練《てだれ》でございましたが……」

笠間の顔が曇った。

「やはり皆川どのと藤野どのは、練兵館の河内と伊庭道場の長谷川と立ち合って斬られたと見ねばなりますまいな」

「すると、江戸市中で噂の事件はわが藩とのかかわりで……」

「おそらく、勝った河内と長谷川を帰宅途上、口封じのために天狐や地狐が襲って殺したのでござろう。戸塚どのは江戸でも名の知れたご仁ゆえ、河内や長谷川と同様に天狐と地狐に襲わせたのではあるまいか。そして、剣に覚えのない小杉どのは女の色香で籠絡《ろうらく》し、切腹に追い込んだと見ますが」

相良は、さすがに奥方との不義とはいわなかった。

「もしやとは思うたが……」

笠間は顔をこわばらせたまま視線を落とした。おそらく、笠間の頭にもすでに四人は殺害されたとの思いはあったのであろう。

「ですが、相良どの」

竹中が相良に目をやり、

「いかに、四人が影目付と敵方に知れたのでござろうか……。ことは内密で進めておりました。このこと、承知しているのは拙者と国許のご家老、西倉様をはじめとする数人の側近、江戸の林崎様、それに当人たちだけとごく限られた者にございましたが」

と、怪訝そうな顔をした。

「天狐、地狐は忍びにござる。……城代家老の西倉様が、影目付を上府させたと同様、敵方が隠密を使ったとしても不思議はござるまい。しかも、腕のいい忍びとなれば、容易に影目付を探り当てることもできたでござろう。天狐、地狐の他にも隠密として動いている忍びがいると見ねばなりませぬな」

おそらく、忍び組であろう。そして、忍び組を束ねているのは横瀬ノ百造と呼ばれる頭にちがいない、と思った。

「すると、次席家老の安藤主理様が忍びを江戸へ！」

「そう見てよろしいでしょう。……ところで、領内ではことのほか十貫流が盛んとお聞きいたしましたが」

江戸では耳にしない流派だが、鳥飼も失踪中のふたりの藩士も十貫流と聞いていた。それに、横瀬ノ百造が道場主と見られていることも気になった。

「十貫流は土着の流派ですが、領内では盛んです。……ただ、十貫流は剣術だけでなく、武芸全般、槍、弓、それに手裏剣から杖術まで教えております」

「手裏剣から杖術まででござるか」

相良は、地狐が金剛杖、天狐が手突矢を遣うことを思い出した。ふたりとも、通常の忍びの技に加えて体の特徴にあった武術を身につけたもののようなのだ。

「して、十貫流の流祖は」

相良が訊いた。

「すでに数代を経て、道統もさだかではございませぬが、なんでも流祖は修験者《しゅげんじゃ》とのこと。領内にあります飯綱権現《いづなごんげん》に千日参籠《さんろう》いたし、剣の精妙を得たとのことでございます」

「飯綱権現……」

やはり、忍び組とかかわりがあると、相良は直感した。飯綱権現は狐を神体とする信仰で、忍者の崇拝する神社のひとつである。それに、忍者の元をたどれば修験者や虚無僧《こむそう》などの浮浪、無頼の徒が多いのである。

「どうやら、忍び組が江戸にまいっているようでござる」

「忍び組が！」

笠間と竹中はお互いの顔を見合わせた。

「それに、忍びの本領は敵を倒すことより、探索や調査、謀略によって敵陣を撹乱《かくらん》することでござろう。……すでに、吉憲様を推す方々の江戸藩邸での動きはつかまれておりましょうな」

「すると！」

ハッとしたような表情で、ふたりが相良に視線を集めた。

「まず、敵方の次の一手は、笠間どのの命。さらに、竹中様も用心せねばなりますまい」

「拙者もか……！」

竹中は顔をこわばらせて声をあげた。

「なにごとも用心に越したことはございませぬ。……さればでござる」

そういうと、相良は立ち上がって、三度手をたたいた。

すると、本堂の陰から職人ふうの男がひとり、右手の欅の幹から商人姿の男がひとり、姿を現わし、無言で走り寄ってきた。

竹中と笠間も立った。

「伊賀者、盛川繁次郎《しげじろう》に仙石三郎太《せんごくさぶろうた》にございます。われらとのつなぎ役でござるが、若党、中間などとしてそばにおいてくだされば、いざというときに何かのお役にたてましょう」

相良がそういうと、ふたりは無言のまま頭をさげた。

「これは、かたじけない」

竹中はそういったが、笠間は顔をこわばらせたまま、

「せっかくのご配慮なれど、拙者はご遠慮申し上げる。お二人には、竹中様の身辺の護衛をお願いしたい。拙者とともに国を出た四人、ことごとく敵の手に落ち、己だけ護衛の手を借りて命を長らえたとあっては冥途《めいど》で四人に合わせる顔がございませぬ。……それに、すでに命を捨てる覚悟で出国した身、いまさら助かりたいとは思いませぬし、使命を果たすためにはひとりの方が身軽でござる」

そういって双眸を光らせた。

「それほどまでに仰せられるなら……」

相良は無理強いはしなかった。

5

浅草、橋場町の中屋敷から少し離れた大川縁《べり》に、菊吉《きくよし》という名の小体《こてい》な料理屋があった。

小さいわりには贅沢な造りの店で、食材も新鮮で吟味されたものだけを使い、食通にはなかなかの評判だった。

大川端にある付近の富商の寮や旗本の別邸などから訪れる客も多かったし、ちかくに向島《むこうじま》への渡船場《わたしば》があることから、船遊びの途中に寄る者もあった。

三部屋ある二階の奥座敷で、鳥飼京四郎がひとり酒を飲んでいた。

しばらくすると、廊下に衣擦《きぬず》れの音がし、障子に人影が映った。

「鳥飼様、おつるにございます」

臈《ろう》たけた女の声がした。

「……勝江どの、いや、おつるであったな。入られるがよい」

障子が開いて、姿を見せたのは萩乃についていた腰元の勝江である。

島田髷《しまだまげ》に縦縞の小袖、鼈甲《べっこう》の櫛《くし》と簪《かんざし》を差し、武家の若妻のような身装《みなり》に変えている。

「鳥飼様、ここでお会いするときは、おつるでございます。このような逢瀬《おうせ》が、奥方様に露見いたさば、おつるの首が刎ねられますほどに……」

勝江はそういいながらも、鳥飼の脇ににじりより、肩先を胸にあずけた。

「案ずるな。この店は道慧どのの息がかかっているそうな。奥方に気付かれる恐れはなかろう」

「はい、なれど……」

勝江は甘えたような声を出した。

「それに、そなたの首はおれが守ってやる。……少し、飲まれよ。紅蓮屋敷の香ほどの力はないが、体は楽になろう」

鳥飼が杯を渡すと、勝江は酒を受けながら、

「奥方様の御添い寝をいたしながら、気が狂いそうなほどに体が熱うて……」

勝江はそういうと、杯の酒を飲み干し膳に置いて、鳥飼の手を取った。

「ほれ、このように、奥方様より燃えていよう」

その手を、胸元に入れさせせながら喘《あえ》ぐような吐息をついた。勝江は萩乃が寝間に誘うときにみせる手管をまねたのである。

鳥飼が勝江の誘いをうけたのは、萩乃と三度の夜を過ごしてからだった。

三度とも添い寝役は勝江だった。勝江は背を向けたまま、萩乃との激しい情交《まぐわい》を息をひそめて感じとっていたのだ。

地獄の業火につつまれたような寝間で、添い寝している勝江の若い肉体が激しく息づいているのを、鳥飼は知っていた。

萩乃もむろん知っていたはずだ。あるいは、そばでじっと耐えている欲情に燃えた勝江を、萩乃は己の情炎にそそぐ油として利用していたのかもしれない。萩乃の異常な情欲は、それほど貪欲で狂気をおびたものだった。

「おれも、あのような色狂いより、初々《ういうい》しいそなたの方がよいぞ」

鳥飼は勝江の乳房をまさぐりながら、耳元でつぶやく。

「アア……。嬉《うれ》しゅうございます。もっと、強う抱いてくだされ」

勝江は猫のように目を細めて、両腕を鳥飼の首にからませてきた。

「そう慌てなくてもよかろう。今宵はゆるりと楽しもうではないか」

鳥飼は片手で勝江を抱きながら、杯を離さない。

「勝江どの、笠間彦九郎とかいう藩士が、そなたに言い寄っているそうだな」

鳥飼は前の逢瀬《おうせ》で、勝江の口から笠間の名を聞いていた。

「は、はい……。とくにご用もないのに話しかけられ、奥方様のことをあれこれ訊かれましたぞ」

勝江はいいながら、鳥飼の首筋から胸に手を差し込み指先で胸板を執拗に撫でまわす。

「そやつ、一年前より江戸勤番になったと聞いているが」

「はい、人の話では、清剛流という剣をよく遣うそうな」

「清剛流……」

「そのような、話はいやです。もう、我慢がなりませぬ。早よう……」

「困ったお人だ。……ならば」

鳥飼は杯を置くと、両手で勝江の体を抱き上げ、部屋の隅の屛風の陰に運んだ。

店の方はふたりの逢瀬を承知しているので、呼ぶまで女中が覗くようなことはしないが、別の酔客などが誤って障子を開けないとはかぎらない。見られても構わぬが、邪魔をされては興ざめである。

「鳥飼様……。強う！　もっと、強う」

屛風の陰に身を隠すと、勝江はさらに大胆になった。

自ら小袖を脱ぎ、腰の物までとると、激しく鳥飼に裸身をからめてきた。

鳥飼も薄く化粧をし派手な小袖姿でいると女のようであるが、裸になると別である。ひき締まった筋肉の逞《たくま》しい体が、行灯《あんどん》の仄明《ほのあ》かりに猛々しい獣のように浮かび上がり、女の裸身に覆いかぶさる。獣のように荒々しく女体をなぶり、執拗に撫でさする。

まぎれもなく、男と女の激しい情交だった。

「……アアッ！　いい！」

勝江は裸身を弓のようにのけ反らせて果てた。

つづいて、鳥飼が果てると、

「体中が蕩《とろ》けそう。鳥飼様との睦《むつ》み合《あ》いは極楽でしょうに……」

そういって勝江は勝ち誇ったような笑いを浮かべると、下から鳥飼の首に両手をまわし、もう少し、こうしていたい、といって離そうとしなかった。

「すでに、二時《ふたとき》は経とう。地獄の閻魔《えんま》に怪しまれぬともかぎらぬぞ」

鳥飼がそういうと、勝江は恨めしそうな顔をしながら裸身を離し、

「こんどは、いつ逢《お》うてくれる」

白地の下着の袖に手を通しながら訊いた。

「四、五日のうちに……」

笠間が影目付であれば、斬ってからだ、と鳥飼は思った。

「鳥飼様、そなたのためなら、勝江は何でもいたしまするぞ。……これは、わらわの気持ちじゃ」

身繕《みづくろ》いを終えた勝江は袂から懐紙に包んだ物を取り出し、鳥飼の手に握らせた。

五両はありそうだった。

勝江を部屋から送り出し、四半時（三十分）ほどすると、また廊下側の障子にちいさな人影が映った
「宇佐美三郎《さぶろう》にございます」

くぐもったような声がし、障子が静かに開いた。

浅黒い肌の眠っているような細い目をした男だった。柿色の小袖に黒の小袴、若党《わかとう》か小者《こもの》のような身装だが、音もなく座敷へ入ってきた挙措には隙がなかった。この男、道慧の調伏《ちょうぶく》の祈禱の折に太田の背後にいた藩士である。

「宇佐美、何かわかったか」

鳥飼は前に座した宇佐美を見つめた。

太田の依頼で上府してから、宇佐美が鳥飼の手足となって動いていた。話によると、宇佐美は太田の配下で、多少忍びの術も心得ているということだった。

だが、鳥飼は宇佐美が天狐や地狐と同じように道慧の手下で、忍びの術もかなりの腕だと看破《かんぱ》していた。大川端で伊賀者を斬った折も手引きしたのは宇佐美だったし、勝江との逢瀬の場を設定したのもこの男だったのだ。

「はい、やはり、笠間は国許より送り込まれた影目付のひとりのようです」

「そのようだな」

勝江の話から鳥飼もそう思っていた。

「斬っていただけますか」

「そのために江戸へ来ている」

鳥飼が藩内の十貫流の道場に通っていたころ、道場主の紹介で太田と知り合った。そのころ太田は国許の徒目付《かちめつけ》で特別な接触はなかったが、鳥飼が道場をやめ家を出てから、一度だけ金をもらって藩士を暗殺したことがあった。

「そやつ、藩政を私欲であやつろうとする奸臣《かんしん》ゆえ、誅殺《ちゅうさつ》と存念くだされ」

太田はそういったが、鳥飼はその言葉を信じはしなかった。藩内の勢力争いだろうと思った。どちらが奸臣なのかわからなかったが、鳥飼にとっては、どうでもいいことだった。

すぐに鳥飼は暗殺をひき受けた。五十両という大金と、己の手で工夫した飛蝶の剣で人を斬ってみたかったからだ。

その太田から、ひとり五十両で何人か斬っていただきたい、江戸にご滞在中、ご満足いただけるようお手配いたす、との連絡を受けた。

太田は、今度は誅殺などとはいわなかった。そのかわり、滞在中は満足するよう配慮するといってきた。それは鳥飼の女装から酒、女まで面倒をみるという意味であった。

この誘いに、鳥飼はすぐに国許を発《た》ったのである。

「手筈は？」

「そろそろ奥方様が、血を見たがっております」

宇佐美は抑揚のない低い声でいった。

「血か……」

「色に狂った女の業《ごう》にござりましょう」

「やはり、屋敷内で立ち合うか」

「いや、すでに、他の影目付が立ち合いによって、斬られたことは察知していると思われます。容易に、承知はいたしますまい」

「では、どうする？」

「勝江どのを使います。……鳥飼様、お耳を」

そういって、宇佐美は膝行《しっこう》し、鳥飼に耳打ちした。

鳥飼はちいさくうなずくと、まさに、地獄屋敷だな、とつぶやき、冷めた酒を杯に注いで喉に流した。

6

風が強くなった。

大川の川面を、渺々《びょうびょう》と風が渡っていた。下弦の月の青白い光を反射《はね》た波が、無数の大蛇のように汀《みぎわ》に寄せてくる。

鳥飼は宇佐美のあやつる猪牙舟《ちょきぶね》で、橋場町の中屋敷の敷地内にある船着場に向かっていた。

約束の時刻は亥《い》ノ刻《こく》(午後十時)である。四半時前に、菊吉を出た鳥飼はちかくの渡船場から猪牙舟に乗り込んだのだ。

「勝江はうまく笠間を呼び出せるのか」

船梁《ふなばり》に腰を落としたまま、鳥飼が訊いた。

「ご懸念にはおよびませぬ。すでに、ふたりが屋敷内を出たのをこの目で確かめてございます」

宇佐美は低いくぐもった声でいった。

ふたりは舟着場から敷地内に上がった。先導するのは、宇佐美である。

屋敷内はひっそりとして甍《いらか》や軒先を渡る風の音がするだけで、人声は聞こえなかった。廊下の隅を照らす掛行灯《かけあんどん》の仄かな灯明《あかり》がもれてくるだけで、屋敷は夜闇のなかに沈んでいた。

宇佐美はおもて庭の方に鳥飼を連れていった。白砂が月光にひかり、頭上の紅葉《もみじ》や老松の枝葉が風に騒いでいた。

「鳥飼様、あれに」

宇佐美は小声でいって、前方を指差した。

見ると、枯山水を造っている巨岩の隅で萌黄《もえぎ》地と蘇芳《すおう》地の着物がちらちらと動いている。人影はふたり。どうやら、勝江と笠間らしい。

「鳥飼様、白砂の上までおびき出してから、ご始末を……」

宇佐美はそういうと、口元にうすい嗤いを浮かべた。

その場所だと、屋敷内から月光に浮かび上がったように見えるのであろう。鳥飼は屋敷に視線をまわした。庭に面した隅の板戸が、一尺ほど開いている。中は暗かったが、そこから萩乃が覗いているにちがいない。

(ここが、舞台か。ならば、艶やかな舞いを見せてくれよう……)

鳥飼は羽織っていた緋色地の振り袖を脱いで宇佐美に渡し、着流しの白の小袖姿になると両腕を左右に大きく広げた。

真紅の蝶を染めた両袖がひらき、鳥飼の姿が闇に舞い上がった白蝶のように月光の中に浮かび上がった。

サクサクと白砂を踏む音をさせて、鳥飼は岩陰のふたりの方に歩んだ。宇佐美は腰をかがめたまま素早く植込みの陰に身をひそめた。

その足音に気付いたらしく、一瞬、岩陰のふたりの動きがとまり、声を殺して二言《ふたこと》三言《みこと》かわしたようだったが、勝江が泳ぐように庭に出て来た。笠間も後を追うように走り寄ってきた。

「か、笠間様、やはり、この男です！」

五間ほどの間を置いて立ちどまった勝江が、鳥飼を指差しながら声をつまらせていった。

勝江の背後で、笠間は驚愕に目を剝き顔をこわばらせて立っていた。

「鳥飼京四郎……！」

「いかにも」

「うぬが、牧野を斬ったと聞いたが、まことか」

「挑まれ、立ち合ったまでのこと……」

鳥飼は白柄に手を添え、一歩間合をつめた。

だが、笠間の視線が戸惑うように左右に流れた。ここで鳥飼と立ち合うことの危険を察知したのか、逃げ場を探すような目の動きだった。

「臆したか、笠間。このような夜更けに奥方付きの腰元と密会する度胸はあっても、剣は抜けぬか」

鳥飼の口元に嘲笑が浮いた。

そのとき、勝江が笠間にすがりつき、

「笠間様、この男をお斬りください。あなた様との密会が奥方様に知れれば、勝江は生きてはいられませぬ。……笠間様、あなた様もお咎《とが》めを受けることになりましょう。なにとぞ……」

と、声を震わせて必死の形相で訴えた。

(なかなかの役者だ……)

鳥飼は勝江の豹変ぶりに驚き、感心した。おそらく、太田あたりから手筈を聞いているのだろうが、真に迫る名演技だった。

「やむをえぬ」

笠間は勝江を脇へ押しやると、両袖をたくしあげ袴の股だちをとった。

三間ほどの間合をとって対峙すると、鳥飼はゆっくりと刀を抜いた。そして、構えるでもなく、右脇にだらりと切っ先を下げた。

一方、笠間は切っ先で天空を突き上げるような高い八双《はっそう》に構え、

「清剛流、笠間彦九郎、参る」

と鋭い声でいった。

八双は木《もく》の構えともいう。大樹が天に聳《そび》えているように堂々と構え、威圧しながら敵の動きを見るのである。

まさに、笠間の構えは大樹のように堂々とし、しかも、全身から射るような鋭い剣気を放射していた。

対する鳥飼は口元に嘲笑を浮かべたまま、ゆらりと立っていた。その身構えには殺気はおろか覇気さえも感じられなかった。
ツ、ツツツ……と笠間が間合をつめた。
一足一刀の間境の手前で、動きをとめた笠間は全身に気勢《きせい》をこめ、ピクッ、と両腕を動かして打突の色《いろ》（気配）を見せた。

笠間の牽制《けんせい》である。覇気のない鳥飼の構えに不気味なものを感じ、仕掛けると見せて、その反応から太刀筋を見極めようとしたのだ。

だが、鳥飼は少しも動じなかった。柳枝のように、ゆらりと構えたままだ。大樹のように構え、敵を威圧し先に攻撃を仕掛けさせるはずの笠間の八双が、崩れはじめていた。

だらりと刀身を下げたままの鳥飼の構えに威圧され、ジリジリと追いつめられているのは笠間の方だった。

フッ、と誘うように鳥飼の切っ先が、わずかに撥ねた。

エエエイッ！

裂帛《れっぱく》の気合と同時に、電撃に弾かれたように笠間は激しい殺気を込めて八双から袈裟に斬り込んだ。

刹那《せつな》、稲妻のような殺気がはしり、鳥飼の刀身が大きく撥ね上がった。体を右に捌《さば》きながら、下から掬《すく》い上げるように笠間の左上膊を斬り上げたのである。

一瞬、鳥飼の両袖がひるがえり、白蝶が羽ばたいたように見えた。

オオッ！

間一髪《かんいっぱつ》、笠間は体をひねって鳥飼の切っ先をかわした。さすがに、清剛流の手練である。鳥飼の下段の構えから、斬り上げてくると看破していたようだ。

だが、飛蝶の剣のおそろしさは、連続して左右の上膊を狙って斬り上げるところにあった。しかも、電光石火の早業で敵に体勢をたてなおす間も与えないのだ。

三度目の斬撃で、笠間の左腕が空天に飛んだ。

が、笠間は怯《ひる》まなかった。

「死ねい!」

笠間は顔をひき攣らせ、截断された左腕から筧《かけい》の水のように血を流しながら右手一本で、正面から斬りかかった。

相打ちを狙った捨て身の攻撃である。

だが、鳥飼の動きのほうが迅《はや》かった。笠間が一歩踏み込んだところへ、鳥飼の左から掬い上げるように斬り上げた切っ先が首筋をとらえたのだ。

ビシュ、と血飛沫《ちしぶき》が一間ほども噴き上がった。

笠間は首を傾げたまま断末魔の唸り声をあげ、倒れまいとするように上体を振りまわした。半円形に血飛沫が撒かれ、白砂は驟雨《しゆうう》を浴びたように見る間に鮮血で染まった。

笠間が血海のなかに崩れ落ちた直後、鳥飼は屋敷の板戸の隙間から、オオオッ!という喉のひき攣《つ》ったような狂喜の声を聞いた。

見ると、板戸の隙間にちらちらと動く人影がある。萩乃であろう。

「鳥飼様、おみごとでございます」

そばに来たのは、宇佐美だった。

すでに、己の役割を終えた勝江はその姿を消していた。

鳥飼は倒れた笠間に視線を落としていた。手足が痙攣していたが、すでに意識はないようだった。ビュッ、ビュッ、と音をたて、押し出すように血が首筋から噴出していた。

「死屍《むくろ》はわれらの手で始末いたしますゆえ、鳥飼様は屋敷内にてお休みくだされ」

宇佐美は低いくぐもった声でいった。

「今宵も、色欲地獄の饗宴が待っているようだな」

そうつぶやくようにいい、鳥飼は刀身を一振りして血を払った。

第四章　怪僧道慧《どうえ》

1

松江田藩中屋敷——。

月のない夜である。湿った風があり、屋敷内の樹木が騒いでいた。

大川に近い築地塀《ついじべい》から、一本の老松の枝が張り出している。その枝葉の陰になった塀に、鼠染《ねずみぞ》めの装束の男が塀に身を張りつけるようにしてひそんでいた。

相良甲蔵である。その姿は漆黒の闇に溶け、その輪郭さえも識別できない。通常、夜闇のなかでは黒よりも、鼠染めや柿色の方が闇に溶けやすいのだ。

相良の肩に童子ほどの黒い塊《かたまり》が乗っていた。猿の次郎である。次郎は置物のようにまったく動かない。

相良が懐《ふところ》から鉤縄《かぎなわ》を取り出し頭上の松の枝を指差すと、次郎は鉤縄をくわえひょいと肩口から築地塀へ飛び移り、塀の屋根から松の枝に飛びついた。

次郎のたてる音は風音でかき消され、その姿は濃い闇にまぎれてしまう。次郎は手ごろな枝に鉤をかけたらしく、スルスルと縄が降りてきた。

相良はその縄を登り、築地塀の屋根を越えて屋敷内に姿を消した。

うかつに屋敷内を動くのは危険だった。

天狐、地狐をはじめ敵方には忍びの手練《てだれ》がいるとみなければならない。屋敷内には侵入者を防ぐための仕掛けがしてあるはずである。

相良は用心しながら、庭園の隅をまわって表屋敷の見える植込みの陰に身をひそめた。

(伊賀や甲賀の忍びとは、ちがうようだな)

相良は屋敷内に侵入者を防ぐための仕掛けがないのに気付いた。

侵入者が通過するはずの巨岩の隙間や、身をひそめるであろう樹陰などに、撒き砂や撒き菱《びし》がない。樹間に張った脛払《すねばら》い(紐が脛にひっかかって音をたてたり、竹槍などが飛んでくる仕掛け)もない。

(だが、何かある……)

相良は物音ひとつしない屋敷に、かえって不気味なものを感じた。

人のいる気配すらないが、灯明《あかり》だけはあった。廊下や軒下の掛行灯《かけあんどん》であろう。月のない深い闇のなかで、表屋敷の周囲がぼんやりと浮き上がったように見える。

相良は庭や屋敷の周囲に白砂が撒かれているのに気付いた。その白砂に廊下や軒下の灯明が反射しているのだ。

（そうか、これか）

どうやら、これが侵入者に対する備えらしかった。屋敷周辺に近付くとその姿が浮かび上がるようになっているのだ。特に闇にまぎれる忍び装束は、白砂にくっきりとその姿を現わすことになるようだ。

（これだけではあるまい）

この仕掛けに気付けば、建物の陰や樹陰だけを動けばいいのである。

相良は巨岩と老松の陰が細い一筋の道のようにつづいている場所を、爪先を擦《す》るようにして進んだ。

（あった！）

指先が短い雑草のなかに張られている鋼鉄の細い線をとらえた。おそらく、この線に指先を引っかけると、音を出すような仕掛けがあるのだ。鋼鉄線は一本だけでなく、何本か伏せてあるにちがいない。

そこは侵入者を罠《わな》に追い込む陰の道になっているのだ。単純だが、巧妙な仕掛けだった。

（ここは次郎を使うか……）

相良は掌《て》を丸めて口にあて、ホウ、ホウ、と梟《ふくろう》の鳴くような音を出した。かすかな鳴き声は風音にかき消され、屋敷内までとどかない。

すぐに、松の樹上から次郎が降りてきた。

相良は指先で、鉤縄を樹上から表屋敷の屋根に渡すよう命じた。張り出した太い枝から屋根まで一間ほどである。次郎ならたやすく跳べる。

鉤縄をくわえて樹上に消えた次郎は、屋根に跳び移り、二階の軒下の横木に鉤を引っかけてきた。

相良はその縄をつたって屋敷の屋根にとりついた。

建物は表屋敷と裏屋敷がいくつもの廊下でつながり、少し離れて植え込みでかこまれた離れらしき屋敷があった。

相良は足音を消して屋根をつたい、表屋敷と裏屋敷を探った。壁に耳を当てたり、軒先から首を垂れて中の気配をうかがったりしたが、屋敷内は静寂につつまれ起きている人の気配はなかった。

だが、屋敷の裏手にまわったとき、相良は奇妙な物音と人の動く気配を察知した。裏屋敷から渡り廊下でつながっている離れから、低い唸るような声が聞こえてきたのだ。

見ると、中で何か燃やしてでもいるのか、板戸の隙間から赤い火影のような光が洩れている。

(ここが、狐どもの巣か……)

相良は裏屋敷の塗り壁からわずかに出ている柱をつたわって降り、渡り廊下の下にもぐりこんだ。そのまま、相良は唸り声の聞こえる床下に潜入すると、漆黒の闇の中に身を沈めて両手の指で印《いん》を結んだ。

そして、隠形《おんぎょう》の呪文を頭の中で唱えた。

……臨《リン》、兵《ペイ》、闘《トウ》、者《シヤアー》、皆《カイ》、陣《ジン》、列《レツ》、在《ザイ》、前《ゼン》……臨《リン》、兵《ペイ》、闘《トウ》、者《シヤアー》、皆《カイ》……

精神統一の一法であり、気を沈め気配を断つためである。

相良が目を開くと、変わって頭上から激しい抑揚をともない地を震わすような呪術の声が聞こえてきた。

オン、ボ、ケイ、ダン、ノウ、マク……オン、ボ、ケイ、ダン……

そして、何かを激しく打ち振っているらしく、大気を切る音と木の焦《こ》げるような臭いがした。

(……調伏《ちようぶく》の祈禱《きとう》か!)

護摩壇《ごまだん》に調伏炉を置き、加持祈禱《かじきとう》を行なっているようだ。

相良は天狐、地狐が密教に伝わる六字明王を本尊とする呪殺の法に使われる名であることを思い出した。おそらく、ここが呪殺の祈禱所なのだ。

やがて、呪文の声は聞こえなくなり、かすかな衣擦《きぬず》れの音とぼそぼそとくぐもった人声が聞こえてきた。

叱咤《しった》するような男の声と、甲高《かんだか》い女の声がする。五、六人はいるようだ。

人声はするが、話の内容までは聞きとれない。相良は聞き筒《づつ》を懐から出して一方の口を床板に、もう一方の口を耳に当てた。

聞き筒は四、五寸の真鍮《しんちゅう》製の筒で、小さな音も金属管に共鳴して増幅させる。忍びが敵の屋敷や城に侵入し、天井や床下から部屋の密談を聞きとるときに使用する忍具である。

(こやつが敵の首魁《しゅかい》のようだ)

聞き筒から、腹の底を震わすような男の低い声が聞こえてきた。

(横瀬ノ百造ではあるまいか……)

相良は忍び組を統率しているという百造のことを思い出した。

2

道慧の赭黒《あかぐろ》い顔には玉の汗が噴き出していた。

護摩壇の前から白絹の法衣をひるがえして、床に平伏している萩乃の前に立つと、

「奥方様、六字明王より、讃岐守様亡き後の藩主は松千代君、とのお告げがございました ぞ」

両眼をギラギラと光らせていった。

「オオッ、それはなによりじゃ」

「大願成就のための生贄《いけにえ》の霊剣も、あと一振りにございまする」

道慧はそういって、背後を振り返った。護摩壇の脇に五本の刀身が、床につき立てられていた。命を奪った影目付五人の刀である。刀は、調伏炉の炎を映し、鮮血を流したような輝きを放っていた。

萩乃の後ろには太田、勝江、宇佐美、天狐、地狐が平伏していた。

「われらの大願は、血塗《ちまみ》れた霊剣を六振り六字明王に捧げることで成就いたしまする」

道慧は、萩乃の後ろの五人にも視線をまわしながらいった。

「して、最後の一振りはだれにいたすのじゃ」

「まさに、最後の一振りにございますれば、われらの願望を阻止せんと、先鋒に立っております竹中忠左衛門がふさわしいかと存念いたしまする」

「外記《げき》の用人の竹中か」

「はい、あやつ、ご家老の命を受けて、吉憲様を擁立せんと奔走しております。生かしておけば、先々松江田藩に害を為《な》す奸臣《かんしん》となりましょう」

「ちょうどよい。あやつ、用人の分際でわらわが中屋敷へ参るのにまで詮索《せんさく》しやる。……早《は》よう、首を刎《は》ねてしまうがよいぞ」

「おまかせあれ。これも、すべて松江田藩の安泰のためにございます。……されば、奥方様」

道慧は萩乃の前に膝をつき、荒鷲のような鋭い双眸《そうぼう》で見すえていった。

「残念ながら、讃岐守様は余命いくばくもございますまい。されば、讃岐守様をご養生の名目にて、この中屋敷にお呼びいたし、そのご最期を奥方様が見取られるのがよろしいかと存じ上げます」

「なぜじゃ」

萩乃の顔に不満の色が浮いた。

すでに、讃岐守様の寵愛《ちょうあい》を失って久しく、ここ数年は言葉も交わしていない。何をいまさら、という気になったのであろう。

「さればでございます。讃岐守様亡き後、吉憲様を擁立せんと画策しておる者がございまするが、その者たちに、奥方様より、松江田藩は松千代に継がせるとの御遺言があったと仰せられるのです。殿の御遺言となれば、従わざるを得ませぬ」

「じゃが……」

萩乃の顔に不安そうな表情が浮かんだ。

すでに、讃岐守は吉憲を継嗣《けいし》とすると公言している。たやすく萩乃の言を藩の重臣たちが信じまい、と思ったようだ。

「奥方様はご正室にございます。讃岐守様のご最期を見取られるのは当然のことにございますし、その献身的なご看護に、讃岐守様が継嗣についてご翻意したとしても不思議はございますまい」

「そうじゃな……」

萩乃の顔からまだ不安の色が拭《ぬぐ》いきれない。

「ご懸念あそばされるようでござれば、われらが、讃岐守様の遺言状をご用意いたしまする」

「そのようなことができるのか」

「筆跡を似せて書かせましょう。今際《いまわ》の際《きわ》に筆を取ったのでございます。多少、筆跡が震えていても、だれも不審は抱きますまい。それに、これは六字明王のお告げでもございます。松千代君でなければ、松江田藩の行く末はないのですぞ」

道慧は萩乃を見すえた双眸を光らせた。

「そうじゃ、そうじゃ。すべて、道慧どののいう通りにいたせばよいのじゃ」

その顔から不安が消えると、急に目を細めて恍惚とした表情を浮かべた。

「されば、今宵は……」

道慧が立ちあがり、萩乃に立つよう促した。

「のう、道慧どの……」

萩乃は猫のように目を細めたまま、眼前の道慧を見上げた。

「何でございますか」

「鳥飼は何をいたしておる」

萩乃は情欲に目を光らせていった。

「藩士たちに気付かれぬよう、中屋敷ちかくの仕舞屋《しもたや》にひそませてございます。また、ちかいうちに、奥方様をお慰めに参上いたさせましょう」

「おおッ、そうか。……道慧、頼みましたぞ」

萩乃は好色そうな笑みを浮かべて、立ち上がった。

勝江を従え廊下側へ歩み出したところで、何か思い出したように振り返り、

「そうじゃ。いつぞや、わらわの相手をいたした狩谷はどうしておる」

と訊いた。萩乃の顔から微笑が消え、かすかな憎悪が浮いていた。

「……さ、さて、市井《しせい》の試刀家と聞いておりますれば」

わずかに道慧は、顔を赭黒《あかぐろ》く染めていい澱《よど》んだ。

「そうか、狩谷はまだ生きておるのか……」

萩乃の眼差しに酷薄そうな光が宿った。

道慧はすぐに萩乃の胸の内を見抜いたらしく、

「されば、あやつ、ちかいうちに引っ捕らえ、奥方様の御前にて首を刎ねるとの趣向はいかがでございましょうか」

道慧の口元にも残忍な微笑が浮いた。

「それはよい。……下郎の分際でわらわの誘いを断わるなど、分をわきまえぬ振る舞いじゃ、身の程を知らせてやるがよいぞ」

「はッ、……それも向後《こうご》のお楽しみにございますな」

「早う、あやつの首から血の噴くところを見たいものじゃ。……そうじゃ、道慧、首を刎ねる役は鳥飼がよいぞ。ほんに、あの美しき殿御が狩谷の首を刎ねるところを想うただけで、身震いするほどじゃぞ」

萩乃は苦しそうに胸に手をやったが、その目は狂喜の炎を上げていた。

勝江を従えて萩乃が去ると、道慧は四人の方に目を向け、

「聞いての通りじゃ。一刻も早く、竹中と狩谷を始末せねばなるまい」

と微笑を消していった。

憎らしい表情を拭い取り、殺戮《さつりく》のなかで生きてきた酷薄で剽悍《ひょうかん》な男の顔貌《かお》に豹変していた。

「……道慧様、狩谷も捕らえねばなりませぬか」

太田が苦渋を浮かべて訊いた。

竹中はともかく、狩谷を捕らえることはむずかしいと思ったようだ。

「いや、狩谷は斬ってもよい。奥方にはああいったが、そこまであの色狂いにつき合ってはいられぬわ。……天狐、地狐の両名でも手を焼くとならば、鳥飼を使うより他あるまい」

「承知いたしました。すぐに、手配を……」

太田が平伏していった。

「本間とかいう手練が行動をともにしているとなれば、鳥飼とてひとりでは討てぬであろう。……天狐、地狐、その方たちも手を貸すが、……むッ！」

ふいに、道慧が言葉を呑んだ。

一瞬、瞠目したが、すばやく印を結んで目を閉じ、精神統一をはかった。スッ、と全身から拭いとったように猛々しい生気が消え、石のような静寂が身辺を覆った。

だが、それも数瞬で、カッと刮目《かつもく》すると、

……居《お》る！

と唇を動かし、右手の指で床下を指して、曲者がひそんでいることを視線を集めている四人に伝えた。

颯《さ》ッ、と天狐、地狐、宇佐美の三人が足音を消して部屋から散った。

一方、床下にいた相良も、道慧がふいに言葉を呑んだことで、気付かれたことを察知した。

相良はすぐに反応した。この場から逃げるしかなかった。道慧とともにいる天狐、地狐、それに他のひとりも相応の忍びと思っていい。闘って勝てる相手ではなかった。

むろん、相良は床下に潜入する前から、発見された場合の逃走経路は考えてはあった。

相良はすぐに床下から飛び出さなかった。

侵入した裏屋敷から続く廊下の下に身を隠し、部屋を出た天狐たちがおもての庭側の縁先へ出るのを見計らって、軒下伝いにまわり込み次郎のひそんでいる松の樹頂めがけて礫《つぶて》を投げた。次郎に、そのまま屋敷から出ろ、という合図を送ったのである。

ザザッ、と枝葉を揺らす音がし、屋敷からのわずかな灯明に透かして樹間をつたう黒い物体がかすかに見えた。物体の輪郭まで識別できないため、闇と音が存在感を増幅し、それが猿とは見えない。異常な迅さで逃亡する忍びの者と映るのである。

これは相良の得意とする獣遁《じゅうとん》の術であった。むろん、このために次郎は訓練してある。この術があったからこそ、相良は単身で中屋敷へ潜入したのだ。

「いた！　あれだ」

男の声と、庭を走る数人の足音がした。

「逃すな！　何としても捕らえるのじゃ」

続いて激しい道慧の叫び声が聞こえた。

相良は素早く主殿の裏手にまわり、敷地内にある船着場から舫《もや》ってある猪牙舟《ちょきぶね》で大川へ乗り出した。

次郎は敵の手から逃れられれば、中屋敷の近くにある稲荷の杜《もり》に逃げ込むはずである。相良は二時《ふたとき》（四時間）ほど間を置いて、稲荷に足を運び裏手で、ヒュイ、ヒュイ、と二度ほど指笛を吹くと、なかでもこんもりと葉を茂らせた樫《かし》の梢《こずえ》から次郎が素早くつたい降りてきた。

「無事だったかい」

右肩にとまった次郎は歯を剝《む》いて、相良の顎あたりに頭を擦りつけてきた。次郎は怯《おび》えていた。体が小刻みに震えている。

かすかに血の臭いがした。見ると、肩のあたりから血が出ていた。手裏剣でもかすめたようだ。

「次郎、傷は浅い。……すぐに、手当てをしてやるぞ」

相良は慈《いつく》しむように、そっと次郎の頭を撫でさすってやった。

「唐十郎様、よろしいのでございますか」

咲は不安そうな顔をして、そばにいる弥次郎と唐十郎の顔を交互に見た。

唐十郎が、弥次郎とふたりで柳原《やなぎはら》通りを夜更けに歩いてみようといい出したからである。敵をおびき寄せる誘いであることは分かったが、危険も大きい。

「家にこもっていても、鳥飼たちは襲ってこないようだ」

唐十郎は祐広を腰に差して立ち上がった。

「若には、勝算があるのでしょう」

弥次郎は仕方なさそうに小さくうなずいた。

3

唐十郎は、天狐、地狐に襲撃されてから、しばらく相良たちが管理する空屋敷に逗留していた。松永町の道場に弥次郎が寝泊まりするわけにはいかなかったし、寝込みを襲われる恐れもあったからだ。

空屋敷は本所緑町にあり、敵の目から逃れるための唐十郎の隠れ家のようになっていた。この屋敷は竪川《たてかわ》に面しており、猪牙舟を使えば道場にも近かったし、身のまわりの世話は咲が見てくれるので居心地もよかった。

この屋敷で、唐十郎は相良が探ってきた中屋敷での一味の様子を聞いた。どうやら、道慧と称する怪僧が一味を統率しているらしい。

「敵は唐十郎どのの命を狙っておりますぞ。相手は天狐、地狐、それに鳥飼京四郎と称する牢人にござる。それに、道慧はわれらに密談の内容を聞かれたことを察知したはず。一刻もはやく、始末しようと躍起になっておりましょう」

「牢人の名は鳥飼京四郎か」

「十貫流の遣い手で、妖鬼などと呼ばれ、恐れられているそうでございます」

相良は笠間から聞いたことも伝えた。

ただ、相良は横瀬ノ百造の名は出さなかった。道慧の正体をつかんでからだ、と思っていたのだ。

「三人一緒だと太刀《たち》打ちできんな」

「しばらく、当屋敷に身をひそめていればよろしいでしょう。そのうち、われらが、鳥飼の潜伏先をつきとめ、唐十郎どのの前に引き出しましょう」

「うむ……。だが、いつまでもここに身をひそめているわけにもいかぬな」

唐十郎は相良たちが用人の竹中を守るために、動いていることを知っていた。天狐と地狐、それに鳥飼が、竹中の襲撃に加われば、相良たちが三人と闘うことになる。そうなれば、三人の斬殺を依頼された唐十郎の立場はなくなるし、咲や相良が命を落とすことも充分考えられるのだ。

相良たち伊賀者が、三人とやり合う前に唐十郎は三人を斬りたかった。三日ほど、緑町の空屋敷に滞在したあと、唐十郎は、こちらから仕掛けてみようと思いたったのだ。

「咲、敵に襲われる前に、手を打とう」

そういって、計画を咲に話した。

空屋敷を出て唐十郎と弥次郎は松永町の道場で寝泊まりし、その間、咲には道場につづく別室で過ごしてもらう。そして、天狐と地狐には弥次郎と咲で応戦し、唐十郎が鳥飼と対戦するという作戦だった。

相良たちの手も借りればよいのだが、竹中の身辺警護の任についている者を動員するわけにもいかなかった。

「咲は敵を倒そうと思わずともよい。……迫ってきたら、呼び子を吹け」

唐十郎は咲に天狐や地狐を討つのは無理だろうと思っていた。

だが、忍びの侵入に対して伊賀者の手を借りる必要があった。咲なら、侵入を防ぐ仕掛けを事前に設置しておくだろうし、わずかな足音や衣擦れの音を聞きのがさないはずだ。

「呼び子は?」

咲が怪訝そうな顔をして訊いた。

「なに、町方にも出番をくれてやるのさ」

唐十郎は弐平も使う気でいた。

十人前後の捕方でかこみ、三人で応戦すれば、討ち取れるだろうと思っていた。

そうして、手筈どおり咲は姿を隠し、三日ほど弥次郎と道場で過ごしたのだが、まったく襲ってくる気配はなかった。

「こうなったら、こちらから家を出てみるか」

そういって、柳原辺りを歩いてみようといいだしたのだ。

柳原通りは、筋違橋《すじかいばし》から浅草御門の近くまでの神田川沿いの道をいう。神田川沿いの堤《つつみ》には柳が植えられていたが、享保《きょうほう》年間に将軍吉宗が、柳原の名にちなんで植えさせたものだという。

柳原通りも日中はかなり人通りがあるのだが、日が沈むと急に人影が少なくなる。特に筋違橋から和泉《いずみ》橋までの間は辻斬りなども出る寂しい通りで、川沿いの堤にはちかくの旗本や大名屋敷から馬の飼葉として刈り取りに来るほど丈の高い雑草が生い茂っていた。

唐十郎と弥次郎は、町並がとっぷりと夜闇につつまれるころに松永町の道場を出た。

和泉橋を渡って柳原通りに入り、筋違橋までゆっくりとした足取りで歩く。

ふたりの背後を、十間ほど置いて咲と短軀の男が尾《つ》けていた。男は唐十郎から話を聞いて、加わった弐平である。ふたりは帰宅を急ぐ商家の娘と手代といった身装《みなり》だが、いつでも応戦できるよう懐にそれぞれの武器を隠し持っていた。咲は手裏剣と小刀を、弐平は十手と捕り縄である。

「出ませんねえ」

弥次郎が小声でいった。

すでに筋違御門は目の前で、ここまでくると急に人通りが多くなる。筋違御門の前は八ツ小路と呼ばれる広小路で、八方から入る道があることからこの名がついた。

「襲う気はないということか……」

唐十郎と弥次郎は、八ツ小路の賑やかな通りを抜け、筋違御門の先の昌平橋《しょうへい》を渡って神田明神下へ出た。

咲たちも人通りにまぎれるようにして、唐十郎たちのすぐ後ろを尾いてきた。

だが、その咲の背後、十間ほどおいて菅笠《すげがさ》に草鞋《わらじ》履き、重そうな風呂敷包みを背負った旅の商人《あきんど》といった身装の男が尾けていた。

この男の尾行は極めて巧妙だった。人通りの少ない柳原通りでは、咲たちの背後を一町ほども離れたままでその姿をとらえさせず、八ツ小路にさしかかると、すばやく間をつめて人混みのなかに巧みに姿を溶け込ませた。

この男、唐十郎を見張っていた宇佐美である。何を思ったか、宇佐美は唐十郎たちが神田花房町に来たとき、尾けるのをやめた。そして、ふいに左手の脇道にそれると、驚くほどの速さで走り出したのである。

半時（一時間）ほどのち、宇佐美は橋場町の松江田藩の中屋敷にいた。表屋敷ではなく、離れの奥座敷で、道慧と太田にことの次第を報告していた。

「宇佐美、柳原通りで襲わなかったのは、なぜだ」

ひととおり聞き終えたあと、道慧が訊いた。

「ハッ、あるいはわれらをおびき寄せるための罠か、と思いましたもので」

低いくぐもった声で宇佐美は応えた。

「わしも、そう思うぞ。きゃつらは、わしらが狩谷を狙っていることを知っておるはずじゃ。にもかかわらず、そのような行動に出ることは、わしらをおびき寄せて討ち取ろうという魂胆であろうな」

「狩谷のあとを忍びらしい女と男が尾けておりました。おそらく、ふたりの周辺には、多くの伊賀者が潜伏していると見ましたが」

「うむ……。となると、これはわれらにとっては絶好の機会でございますぞ」

太田が膝を乗り出すようにしていい、

「狩谷に多勢の伊賀者がかかわっているとすれば、竹中の警護は手薄のはず、捕らえるには、今が好機にございましょう」

と、目を光らせて道慧と宇佐美を交互に見た。

「ですが、竹中は下屋敷から出ようといたしませぬ」

宇佐美が低い声でいった。

襲撃を警戒して、このところ竹中は本郷《ほんごう》にある松江田藩の下屋敷から外出しようとしなかったのだ。

「よし、狩谷は後まわしじゃ。……まず、竹中を下屋敷から出さねばならぬな。すぐにも、手を打とう」

道慧が強い口調でいった。

4

相良は、松江田藩中屋敷に潜入したあと、まず道慧の正体をつかもうと雲水姿で周辺の寺社を探ったが、宗派も所属する寺も、出自すらも分からなかった。念のため太田や中屋敷に住む藩士や中間《ちゅうげん》にも、探りを入れたが正体はつかめなかった。

ただ、道慧は時折橋場町に姿を見せるらしく、中屋敷に出入りする藩士や中間などは道慧の名を知っていた。

「……奥方様にお子が生まれず、側室に吉憲様がご誕生になられましたので、気落ちなされたのでございましょう。そのころより、神仏のご加護を得ようと、高僧や名高い祈禱師などを屋敷内に呼ぶことがございました」

年配の中間が相良にそう話したが、それ以上のことはだれからも聞き出せなかった。

また、天狐や地狐についても、

「道慧様が、ときおり弟子らしき僧や従者をお連れすることがありますが、江戸の巷《ちまた》を騒がせているような賊が屋敷内にいるとは思えませぬ」

との応えだった。

（やはり、林崎様にお聞きするよりないか）

相良はそう思い、ちょうど唐十郎たちが柳原通りを歩いているころ、本郷の松江田藩の下屋敷に潜入していた。

侵入先は、藩主讃岐守の居る御殿とは別棟になっている江戸家老、林崎外記の屋敷である。相良は、外記が書見の間としている奥座敷ちかくの板戸を苦無《くない》を使って外し、難なく屋敷内に足を踏み入れた。

奥座敷に灯明《あかり》が点いていた。書見しているらしい人影がある。

「相良甲蔵にございます」

廊下でひざまずくと、小声でいった。

「……相良どのか、入られよ」

外記の声が聞こえ、障子の向こうに立ち上がる人影が見えた。

「ご無礼仕《つかまつ》ります」

相良は障子を開けて入ると、後ろ手に閉めた。

「御足労おかけいたす」

外記はおだやかな声でいい、座布団を差し出して相良に座るよううながした。

かなりの老齢で、鬢髪《びんぱつ》はだいぶ白くなっていたが、その挙措《きょそ》には藩政の舵《かじ》をとる家老らしい重厚さがあった。

軽輩とはいえ幕府の御家人である相良に対して、外記は家臣とはちがう丁寧な言葉遣いをした。

「林崎様、奥方様は道慧なる怪僧に誑《たぶら》かされているようでございますが、その道慧の正体が、いまだつかめませぬ」

相良は座布団は使わず、畳に座したまま調べたことをひととおり話した。

「道慧のことは、竹中より聞いておる」

すでに、外記にも中屋敷で聞いた道慧たちの密談内容は竹中を通して伝えてあった。

「されば、あらためてご家老様よりお聞きしたきことがあって、参上仕りました」

相良は膝行して、林崎に身を寄せた。

「何なりと」

「まず、領内に忍び組なる者が存在したと聞き及んでおりますが、その頭である横瀬ノ百造なる者のことにつきまして」

「忍び組とな。確かにそのような者たちがおると耳にしたことはあるが、詳しいことは……」

林崎は首を振って語尾を飲んだ。江戸に定府する林崎には忍び組と接する機会がないのであろう。

「まず、百造の歳は？」

「さて、藩内では変化《へんげ》の百造と呼ばれておりましてな。まだ、三十そこそこという者もおるし、すでに還暦を過ぎているという者もおって……。分からぬと申し上げるよりほかないが」

林崎は困ったような顔をした。

「変化の百造……」

その異名《いみよう》から推測して、変化の術を会得《えとく》していると見ていい。

変化の術とは変装術のことで、名人になると身分、職業、年齢などを自在に変えてその人物になりきるといわれている。

「国許の次席家老の安藤と百造が、接触することはできたでしょうか」

相良は別のことを訊いた。

「それは、充分考えられる。安藤は五年ほど前まで郡奉行の役についていたゆえ、忍び組を使ったかもしれぬ」

林崎によると、領内で一揆などの動きがあるとき、郡奉行などが忍び組を雇い、その土地に潜入させて探るという。安藤が次席家老に登用されてからも、忍び組とつながりがあっても不思議はないというのだ。

「道慧の下で、忍びと思われる者が動いております。国許の忍び組の者ではないかと見ておりますが」

「うむ……。あるいは、国許の安藤が密かに送り込んだのかもしれぬ。数年前も国許で暗殺騒ぎがあったが、その時も安藤派の陰謀との噂があった。忍び組を使うなど、あやつのやりそうなことだ」

外記の額に苦渋の皺が浮いた。

相良は道慧が忍び組の頭である横瀬ノ百造とにらんでいたが、そのことは林崎に話さなかった。推測だけで確証がなかったからである。

「……奥方様より、讃岐守様の養生のため中屋敷へおいでいただくよう話があったと思いますが」

相良は話を変えた。

「あった。じゃが、奸臣たちの思い通りにはさせぬ。今、お動きなされるは、かえって殿のお体に障《さわ》りがあると、申し出をつっぱねた。……ときどき、奥方様の方で、下屋敷に足を運んで見舞われておられるが」

林崎の手配で、遺言を聞いたなどと言い出せぬよう、奥方が見舞いに訪れたときは、殿の病床から御殿医や御殿女中などを必ず同席させているという。

「それなれば安心でございます。……して、竹中様は」

「竹中も、しばらく下屋敷から出さぬつもりじゃ。……やつらの狙いは、調伏の加持祈禱に名を借りて、わしの手足をもぎ取るつもりのようじゃ」

林崎によれば、笠間たち影目付が松千代擁立派の不穏な動きを探り、竹中が外記の意を受けて吉憲派の藩士のまとめ役として奔走していたという。いわば、竹中と笠間たちは表裏で外記の手足となって動いていたということのようだ。

林崎が黙ると、急に話がとぎれた。

だが、相良は視線を落としたまま、座を立とうとしなかった。

「ところで、相良どの、まだ何か伝えたいことがあるようじゃが」

外記が静かな声で訊いた。

「ハッ、敵の次の手が気になりまして……」

相良は視線をあげて、林崎を直視した。

「次の手とな」

「はい、讃岐守様のご遺言を捏造《ねつぞう》いたし、松千代様を継嗣にするという陰謀は、われらの耳に入ったことで頓挫《とんざ》いたしましょう。そのことは、道慧たちにも分かっているはずでございます。なれば、そのまま計画をおしすすめるとは思えませぬ」

「その通りじゃな」

外記がちいさくうなずいた。

「ならば、次の手は、江戸における吉憲様を推すご家老様たちの力を削《そ》ぐことを画策してくると愚考いたしますが」

「それが、笠間たちや竹中の斬殺ではないのか」

「いえ、笠間どのや竹中どののことは当初からの計画にあったことでございます。……ご遺言による継嗣が失敗すると踏めば、道慧たちは、ご家老様のお命、あるいは、吉憲様、ご本人のお命を狙ってくるのではないかと懸念いたしまする」

「そ、それは……！」

林崎は絶句した。

当初からそのこともまったく考えられないことではなかった。だが、継嗣と目されている吉憲や家老職にある者などを謀殺すれば、松江田藩が二つに割れる大乱となる。御家騒動として幕府が乗り出すであろうし、継嗣や重臣が殺されたとなれば、軽い処断ではすまなくなる。松江田藩の実権を握るどころか、藩そのものの存続があやうくなるのだ。

そのため、両派とも密かに影目付や忍びを放って相手の動向を探ったり、遺言を捏造するなどという姑息な手段をとって、表向きは平穏な世継ぎに見せて藩政の実権を握ろうとしているのではないか……。

「林崎様、道慧なる僧が、藩士であれば藩そのものを潰すような愚行はいたすまいと存じます。なれど、出自の怪しい修験者、虚無僧の類なれば、松江田藩がどうなろうと、己の欲得だけで動きましょう。……道慧の配下の天狐、地狐はまちがいなく忍びにございます。そもそも、忍びの素性をたどれば、山伏、修験者などが多く、祈禱や卜筮《ぼくぜい》をいたせし者もいるはずでございます」

「……うむ」

「道慧とその配下の者、松江田藩に巣くった悪病にございましょう」

相良は小声だが、断定するようにいった。

「奥方様は、その悪病に罹《かか》ったということか」

「さて、奥方様からそのような輩《やから》を呼び寄せたのか、あるいは国許の安藤が密かに派遣したのか……」

「道慧も、安藤の差し金であろうな」

林崎は、嘆息まじりにいった。

「いずれにせよ、敵の凶刃を防がねばなりませぬ」

「それで、すぐにも、狙ってくると思うか」

林崎が訊いた。

「いえ、まず、計画通り竹中どのを狙ってまいりましょう。ご家老様や吉憲様は、その後と見ますが」

相良は、道慧が六字明王に捧げる六振りの霊剣にこだわっているのを知っていた。背後には、林崎のいう通り吉憲派の斬殺にあるのだが、それだけではない。

忍者は過酷な条件の中で修行を積むが、その心のよりどころになっているのは信仰である。忍者の強い統率力は信仰集団であるがゆえ、ともいえるのである。

すでに幕府に召し抱えられて久しく、他の幕臣と変わらぬ生活をしている伊賀や甲賀の者ならともかく、土着の武芸者とも忍者ともつかぬような集団であれば、よけい信仰心は厚い。忍び組の本尊は飯綱権現らしいが、道慧の六字明王に対する帰依《きえ》心は強いはずである。

必ず、六振りの血塗られた刀を捧げ大願成就のお告げを受けてから、次の凶手をうってくるはずだった。

「ともかく、油断はできぬな。……わしがことはともかく、吉憲様の警戒は怠るまい」

「できますれば、吉憲様やご家老様のおられる下屋敷へ、若党、中間として、配下の者をふたりほど潜入させていただければ、何かのお役にたてるのではないかと存念いたしまするが」

すでに、竹中の身辺には盛川と仙石がついていたが、吉憲や外記までとなると手が足りない。とくに林崎は外出することが多いので、忍者に対しては無防備状態といっていいのだ。

「それは、かたじけない」

林崎は喜んで同意した。

5

「……来たか！」

ふいに、唐十郎の足がとまった。

唐十郎たちが柳原通りを歩くようになって二日目である。その夜、和泉橋から筋違御門の方に向かっていたのだが、前方から異常な迅《はや》さで走ってくる人影が見えた。

軽格の武士と思われる小袖に袴姿だが、走り方が常人とは異なる。やや前屈みで身体が揺れず、迅い。

「若、忍びのようです」

弥次郎が警戒して身を寄せたが、薄闇のなかにその輪郭が見えてくると、

「あれは、盛川どののようだ」

と唐十郎が声を落としていった。

その盛川の姿に気付いたらしく、咲と弐平も背後から走り寄ってきた。

「どうされた、盛川どの」

盛川は顔をこわばらせていた。何かあったらしい。

「唐十郎どの、すぐに、本郷の下屋敷までおいでくだされ」

盛川の背後に従いながら、耳にしたことによると、小石川にある上屋敷より、家老の林崎から竹中の許へ使いが来たという。

「火急の事態が起こったゆえ、すぐに、上屋敷へ来るようにとの伝言にございます。竹中様はすぐに下屋敷を出るつもりでございましたが、念のためお止めいたしました。仙石を上屋敷へ走らせ、拙者がお頭に伝えますと、すぐに、唐十郎どのをお連れしろ、との命にございます」

「林崎様は、上屋敷におられたのか」

走りながら唐十郎が訊いた。

弥次郎や咲もあとにつづく。弐平だけが後れがちになったが、それでも顔を赤くしてついてきた。

「はい、政務のため上屋敷へ出かけることが多いのです」

「それで、まだ、竹中どのは、下屋敷にいるのだな」

唐十郎は、敵の罠かもしれない、と思った。おそらく、相良も同じ思いを抱いたからこそ、唐十郎たちに連絡をとったのだろう。

「はい、お頭は、皆様に上屋敷までの警護をお願いするつもりのようです」

唐十郎は、着流しの小袖の裾をたくしあげて後ろ帯に挟んだ。

「とにかく、急ごう」

そのころ、本郷の下屋敷はちょっとした騒動になっていた。

上屋敷から竹中のところへ使いとして来たのは、林崎の中間で、

「ご家老様は、一刻も速く上屋敷へお出でいただくように、と仰せられただけなのでございます」

というだけで、要領を得ないものだった。

竹中も不信の念を抱き、下屋敷にとどまったのも、林崎がこのような信用のおけぬ使いを寄越すか、という疑念があったからである。

ただ、中間が来て四半時《しはんとき》（三十分）もしたとき、上屋敷内に住む徒目付《かちめつけ》がふたり来て、屋敷内に侵入した者のため、ご家老の側近が斬られた、と報告したため騒ぎが大きくなった。

下屋敷にいた先手組の組頭が、数人の組子を引き連れて出向くことになったし、大目付もすぐに家臣を連れて上屋敷に向かうことになった。

「相良どの、拙者もすぐに参らねばならぬ」

竹中も徒目付の報告を聞いて、顔色を変えた。側近が斬られた、との報告であったが、家老自身にも危害が及んでいないとはかぎらないのだ。

盛川の連絡を受けた相良は、出入りの商人に変装して竹中の部屋にいた。

「いま、しばらく、上屋敷にも配下の者が飛んでいますれば、すぐにも子細が判明いたしまする」

相良は引きとめたが、竹中は聞かなかった。

「先手組の者や大目付どのより、遅参いたさば、拙者、ご家老に会わせる顔がございませぬ。それに、ご家老様にご配慮いただいた腕に覚えの者が三人おります。この者たちを同行いたしますれば、万一、敵に襲われるようなことになっても切り抜けられましょう」

竹中は蒼ざめた顔で、立ち上がった。

「やむをえませぬ。ならば、拙者もお供いたしましょう」

相良は立ち上がると、吉憲のそばにひとり残っている伊賀者に唐十郎への伝言を命じて竹中たちと共に屋敷を出た。

相良たちは気付かなかったが、屋敷を出たあと、上屋敷から使いに来た中間がそっと裏門から出て、道端の樹陰にまわった。

そこに、菅笠に草鞋履き、背中に風呂敷包みを背負った旅商人姿の男が立っていた。宇佐美である。

「へッ、へへ。旦那、やつら、慌てて出ていきましたぜ」

中間は宇佐美の前に歩み寄った。

「ごくろうだったな。約束の礼だ」

宇佐美は懐に手を入れ、金をつかみ出す仕草をした。

中間が右手を前に出した一瞬だった。宇佐美は腰の脇指《わきざし》を抜き、中間の首筋にたたきつけるような一撃をみまった。

首が折れたように横に傾《かし》げ、パックリと開いた傷口から血飛沫が噴き上がった。中間は二、三歩背後によろめいただけで倒れた。悲鳴も呻き声もなかった。首のあたりから、激しい血の噴出音と喉にからみつくような喘鳴が聞こえるだけだった。

素早く宇佐美は中間の死体を幹の陰に引き込むと、背負っていた風呂敷包みと菅笠を捨て、小石川方面に走り出した。

竹中たちが下屋敷を徒歩で出たのは、四ツ（午後十時）ごろであった。

竹中の前後を、三人の屈強の武士がかためていた。相良は筒袖に伊賀袴の忍び装束に変えて、雨戸を閉めた町並の板塀や天水桶《てんすいおけ》の陰に巧みに身を隠しながら、一行の半町ほど前にいた。

道は武家屋敷のつづく通りを抜け、広大な水戸屋敷の脇の道へ出た。この辺りに来ると大きな屋敷が目につくようになるが、敷地内の鬱蒼とした樹木が灯明《あかり》をさえぎり夜闇を増したように感じられる。

ただ、皓々《こうこう》とした月明かりだけが人の姿のない通りを青白く照らしていた。

(……まだ、襲ってはきまい)

相良は伝通院《でんつういん》を越してからだ、と読んでいた。

この辺りは人通りがないとはいえ、大小の武家屋敷が密集している土地である。ちかくには、辻番所《つじばんしょ》もある。襲撃の音を聞きつければ、番人や屋敷内の住人が駆けつけてくるにちがいない。

松江田藩、上屋敷は伝通院の裏手にあった。そこまで行くと、鬱蒼とした杜にかこまれた寺院と田畑の多い閑寂な地になる。

(間に合ってくれればいいが……)

相良は三人の護衛と自分だけでは、敵の襲撃に長くは持ちこたえられないだろうと思っていた。

6

伝通院の裏手に、慶昌寺《けいしょうじ》という寂《さび》れた寺があった。欅《けやき》や檜《ひのき》などの杜が覆い、本堂や庫裏を隠している。堂塔のある境内から洩れてくる灯明も人声もない。

通りまで張り出した長い枝葉が月光をさえぎっているため、道がその下だけ闇を深くしていた。あたりは森閑として、わずかな風にザワザワと葉叢《はむら》のそよぐ音が聞こえるばかりであった。

（……いた！）

その濃い闇のなかに人影がある。

寺を囲った板塀の陰に身を隠しながら道を進んでいた相良は、道の中央に仁王のように立っている魁偉《かいい》な姿をとらえた。

ひとり。巨軀を黒の法衣でつつみ、手に金剛杖を持っている。地狐である。

（他の者は……）

ひとりのはずがない。どこかに天狐や鳥飼がいるはずである。

相良はちかくの樹陰に身をひそめたまま、印を結び気を鎮めてすばやく周囲に目をくばった。

（……後ろか！）

半町ほど背後から来る竹中たち一行の足音とは別な足音が聞こえた。

ちかい。竹中たちの背後に数人の人影があった。なかにひときわ目を引く白装束の男がいる。鳥飼のようだ。

鳥飼たちは、ちかくの寺の山門の陰にでも隠れていて、一行をやり過ごしてから姿を現わしたにちがいない。

竹中たちも背後から迫ってくる鳥飼たちに気付いたらしく、竹中をかこむようにして走ってきた。

（天狐はどこだ！）

その姿は見えなかったが、頭上だろうと相良は読んだ。道を覆うように長い枝が何本も張り出していた。しかも、風で葉叢が揺れているため音や気配を消してくれる。頭上から襲う天狐にとっては絶好の場所であった。

相良は樹陰から出ると疾風のような迅さで、竹中たちのそばに走り寄った。頭上から天狐が最初に狙ってくるのは、竹中のはずである。まず、その天狐の襲撃を防がねばならないと察知したのだ。

「相良どの、背後から！」

走り寄った相良に、竹中が顔をこわばらせていった。

「承知、頭上からもきますぞ」

頭上を振り仰いだが、黒々と欅の葉叢が覆っているだけで天狐の姿はなかった。

だが、天狐はまちがいなくいる。葉陰に巧みに身を隠して、竹中に手突矢を放つ機会を狙っているはずだ。

背後から近付いてきたのは三人。鳥飼に旅の商人のような身装の男、これが宇佐美である。もうひとりは、黒覆面で顔を隠した武士らしい小袖に袴姿の男がいた。壮年らしい恰幅《かっぷく》のいい体軀で、鋭い目をしていた。

前方からは、ゆっくりとした歩調で地狐が迫ってきた。

どうやら、三方から包囲されたようである。相良は応戦して時を稼ぐより他にないと思った。

だが、三方から天狐、地狐、鳥飼に襲われたらひとたまりもない。敵の力を分散させる必要があった。

「走りますぞ！」

相良は少しでも唐十郎たちと早く合流できるよう、来た道を戻るつもりでいた。棒手裏剣を鳥飼たちに連打し、三人の体勢が崩れたところへ突進した。竹中をかこんでいた三人の藩士も相良の後を追おうと踵《きびす》を返した。

そのときだった。頭上の葉叢がザワッ、と揺れ、怪鳥のような黒影が竹中の背後に落下してきた。

「竹中様！」

叫びざま、護衛の藩士がひとり背後に走り、黒い影を斬り上げようとした。

その藩士の喉元に手突矢が刺さり、ストッ、とかすかな音をさせて天狗が地上に降りたった。

藩士は喉を掻きむしりながら、その場に崩れ落ちた。

「チッ、仕損じたか」

竹中を狙った手突矢が、踏み込んだ藩士の喉に刺さったらしい。

走り寄った天狗は、倒れた藩士から手突矢を引き抜いた。栓を抜かれたように、ビュッ、と音を立てて血が黒い棒のように闇のなかに噴き上がった。

その血飛沫を一瞥《いちべつ》しただけで、天狗は走り出した竹中たちの後を追った。天狗と前後して、地狐が金剛杖を脇にかかえ黒い法衣をひるがえしながら駆け寄る。

相良たちの前方に立ちふさがっているのは鳥飼ひとりだった。他のふたりは、この場は鳥飼に任せるといった様子で抜刀もせず背後に身を引いている。鳥飼の腕を信じているのであろう、身を引いたふたりの姿に余裕があった。

相良は走りながら、鳥飼の胸元を狙ってつづけざまに棒手裏剣を投げた。

鳥飼の両袖がひるがえり、甲高い金属音を残して棒手裏剣が闇に撥ね飛ぶ。

相良は三間余の間合を置いて歩をとめた。鳥飼はまともに立ち合える相手ではなかった。鳥飼の間合の中にはいったら一太刀で斬られることは、相良も承知していたのだ。

「おのれ、痩せ牢人の分際で!」

竹中の警護の藩士が、顔を怒張させて鳥飼の前に躍り出た。

鳥飼が青白い顔をした役者のような優男《やさおとこ》のため、侮《あなど》ったらしい。藩士は星眼《せいがん》に構えて間をつめると、激しい気合を発し、踏み込みざま袈裟に斬り込んだ。

だが、鳥飼の動きの方が一瞬迅《はや》かった。右に体を捌《さば》きながら下段から斬り上げた切っ先は、藩士が袈裟に斬り落とす直前にその左上膊をとらえていた。

骨を断つ音がし、瞬間、藩士の上体が揺れた。そのまま振り下ろした藩士の刀身は、力なく鳥飼の肩先を流れた。

藩士の左手が付け根からだらりと垂れさがり、裂けた袖を赤黒く染めて血が激しく流れ落ちた。

「お、おのれ！」

なおも藩士は右手で斬りつけようと刀を振り上げたが、一歩踏み込んで逆袈裟に斬り上げた鳥飼の切っ先が喉元を深く抉《えぐ》っていた。

鈍い骨音がし、黒い血飛沫が飛んだ。

榴《ざくろ》のように傷口を開いた首根から、唸りとも吐息とも聞こえる低い呼気の音を発しながら、藩士は腰から崩れ落ちた。

「さ、相良どの！」

竹中とひとり残った藩士の顔は蒼ざめていた。

「こやつ、飛蝶の剣を遣う鳥飼京四郎、おそるべき手練にござる」

相良は鳥飼の前に立ちふさがった。

すでに、後方から天狐と地狐も迫っている。

相良たちは武家屋敷の板塀を背にしていた。左手に鳥飼、右手から天狐、地狐。前方は樹木の密集した慶昌寺の敷地である。逃げ場がない。

「伊賀者、観念しろ！」

地狐が破鐘《われがね》のような声でいった。

地狐はビュン、ビュンと金剛杖を振りまわし、天狐は手突矢を構えて、じりじりと間合をせばめてくる。

「……！」

相良は懐に手を入れていた。握っているのは、鳥の子《とりこ》である。鳥の子とは、煙玉《けむりだま》のことである。鶏卵ほどの紙張子《かみはりこ》の中に火薬や灰などを混ぜて点火して敵に投げつける。

相良の手にした鳥の子は相良家秘伝の物で、通常の鳥の子は点火して放つが、これはそのまま敵に投げ付けることができた。張子の紙が薄くしてあり、当たると破れて灰や唐辛子《とうがらし》などの粉末が飛散する。多少威力は落ちるが、咄嗟《とっさ》の場合役にたつし、つづけざまに投げることも可能だった。

「くらえ！」

相良は鳥飼に、反転して天狐、地狐に鳥の子を投じた。

刀身で鳥の子を払った鳥飼の胸元で、パッ、と白煙があがった。だが、煙玉と察知した天狐は身をかわし、地狐は法衣の袖で受けた。

鳥飼は顔を袖で覆うようにして、二、三歩後退したが、天狐と地狐はまっすぐ相良たちの方へ迫ってきた。

「ここは、拙者が！　竹中どの、お逃げくだされ」

そう叫びざま、藩士が天狐と地狐の前に立ちふさがった。

「かたじけない」

相良は竹中を伴って、一瞬怯《ひる》んだ鳥飼の脇をすり抜けようとした。

だが、鳥飼の後方にいた宇佐美と黒覆面の武士が抜刀して、行く手をふさいでいた。

宇佐美は星眼に、黒覆面の男は低い下段に構えていた。ふたりともかなりの遣い手らしく構えに隙がない。

「……こ、これは！」

相良は黒覆面の男の構えが、鳥飼の下段と酷似していることを見てとった。

そのとき、背後で頭蓋の砕かれるような鈍い音と藩士の絶叫があがった。藩士が地狐の金剛杖を頭部に受けたようだ。

背後から地を踏む地狐の重い足音がひびいてきた。鳥飼も視力をとり戻したらしく、顔を振りながら近寄ってきた。

（逃げられぬ！）

相良は、襟元に差し込んである大型の苦無《くない》を取り出した。相良が敵と渡り合うときの最後の武器である。

7

適《かな》わぬまでも一刺し、と覚悟して、相良が苦無を構えたときだった。

突如、慶昌寺の敷地内の樹林の中から、タン、タン、タン、という銃声らしき音がつづけざまに起こり、樹木の下の笹藪や葉叢が揺れ、数本の棒手裏剣《ぼうしゅりけん》が飛来した。棒手裏剣は忍者の遣う手裏剣のなかでは長く、殺傷力の強い武器である。

「敵襲！」

地狐が大声をあげ、飛来した棒手裏剣を金剛杖で打ち払った。

だが、背後からの一本が天狐の太股《ふともも》に刺さったらしく、呻き声をあげながらがっくりと片膝をついた。

「詭計《きけい》ぞ！　うろたえるな」

黒覆面の武士が鋭い声でいった。

「伊賀の使う百雷銃《ひゃくらいじゅう》だ！」

百雷銃は竹筒に火薬を仕込んだ爆竹で、火を点《つ》けると連続して轟音を発する。敵に一斉に銃撃をうけたように思い込ませる火器である。

黒覆面のいうように、一足先に駆けつけた咲と盛川が慶昌寺の樹林の中にひそみ、百雷銃と手裏剣を放ったのだ。

素早く地狐が樹林の方に走りより、

「伊賀者、姿を現わせい。地狐が相手になってやろうぞ！」

と獣の咆哮《ほうこう》のような声で怒鳴った。

だが、闇に閉ざされた樹林からは硝煙の臭いが流れてくるだけで、人の動く気配はなかった。かわって、鳥飼たちの後方に走り寄る足音が聞こえ、複数の人影が見えた。

唐十郎たちである。

（どうやら、間に合ったようだ）

相良は背後に竹中をかばいながら、板塀伝いに鳥飼たちからそろそろと身を引いた。

唐十郎と弥次郎が駆け寄り、弐平はふたりの半町ほど後ろにいた。

「斬れい！　敵は小勢ぞ！」

黒覆面の武士が叱咤《しった》するような声でいった。

この男、何者なのか。襲撃の一味を統率しているようだ。

「うぬが、狩谷唐十郎か」

鳥飼が右手にもった刀身をだらりと下げたまま、唐十郎の前に歩み寄った。素早く宇佐美と黒覆面の武士が、唐十郎の後方にまわり込む。

弥次郎は唐十郎と半間ほど間をとり、

「若！　背後のふたりは、わたしが」

そういって、宇佐美と黒覆面の武士と対峙《たいじ》した。

「鳥飼京四郎どのか」

唐十郎は三間余の間合をとったまま、祐広の柄に右手を伸ばした。

「いかにも。……なるほど、なかなかの美丈夫。紅蓮屋敷の雌狐《めぎつね》が悋気《りんき》をおこすのもうなずけるわ」

鳥飼の口元に嘲笑が浮かんだがすぐに消え、白い肌がうすく紅潮した。

「雌狐とは、萩乃様のことか」

「だれでもよい」

「美麗ゆえ、寵愛されておるようだな」

「雌狐に誑《たぶら》かされ、血の池地獄をさ迷っているだけよ」

鳥飼は刀を両手で持ちなおすと、下段に構えた。

すかさず、唐十郎は居合腰に沈め、

「小宮山流居合、鬼哭の剣、参る」

といいざま、抜刀の体勢をとった。

唐十郎は鳥飼が飛蝶の剣と称する妖剣の遣い手であることを承知していた。そのため、小宮山流居合の必殺技である鬼哭の剣で立ち向かうつもりでいた。

「十貫流、飛蝶の剣。……貴公とは邪魔者なしで勝負したいが」

そういうと、鳥飼はスッと背後に下がった。

宇佐美や黒覆面の武士の助勢なしで、対等に立ち合いたいということらしい。唐十郎が離れた間合をつめると、

「いざ、美しき蝶の舞いを見せてくれよう」

甲高い声でそういうと、鳥飼は下段に構えた刀身をわずかに返した。

鳥飼の顔から拭《ぬぐ》ったように表情が消え、ゆらりと立っているその構えには殺気もなかった。

（……撥ね上げる剣か）

唐十郎は鳥飼が下段から刀身を撥ね上げてくることを察知した。

居合腰に沈めた唐十郎は、抜きつけの一刀に勝負を決すべく全身に気勢を込めた。

間合は四間余の遠間である。

居合の抜きつけの一刀は片手斬りである。片手打ちは五寸の利あり、といわれる。腕の分だけ切っ先が前に伸びるのである。

唐十郎の遣う鬼哭の剣は、前に跳躍し上体を伸ばしながら斬り込むため二尺は伸びるとされていた。その伸びた切っ先で、敵の首筋の血管《ちくだ》を刎ねるのである。首筋から血の噴出する音が、啾々《しゅうしゅう》として鬼哭を思わせることからこの名がついた。

唐十郎は一足一刀の間境《まざかい》よりも半間ほどの遠間のまま動きをとめ、鳥飼の呼吸と斬撃の起こりを読みとろうとした。

「間合に入らねば、切っ先がとどくまいが……」

鳥飼の表情のない顔に、かすかに訝《いぶか》しそうな表情がよぎった。

間合の外から、抜きつけようとしている唐十郎の身構えにただならぬ気配を感じとったようだ。

鳥飼も間境を越えようとはしなかった。

だらり、と切っ先を下げた鳥飼の構えに殺気は生じなかった。自然体の静かな構えのままだった。

（水面《みなも》のように、敵の動きを映しとる剣……！）

唐十郎は鳥飼の剣のおそろしさを感知した。

鳥飼の研ぎ澄まされた水面のような心は、敵の心の動きを敏感に読みとり、素早く反応して切っ先を撥ね上げてくるのだ。

（読みの勝負か……）

唐十郎も鳥飼の起こりがしらをとらえて、鬼哭の剣を放つつもりでいた。

一方、弥次郎は唐十郎が鳥飼と対峙して動かないのを背後で感じながら、黒覆面の武士に切っ先を向けていた。

宇佐美は、間合をつめて左手後方にいた。前方の武士は牽制役で、斬り込んでくるのは宇佐美である。ふたりは、左手後方にもっとも隙ができやすいことを知っているのだ。

ふたりとも構えは下段である。どうやら、同じ流派の剣を遣うようだ。

おそらく、弥次郎が抜刀して武士に斬りつければ、すかさず後方の宇佐美が斬り込んでくるはずである。

（浪返《なみがえし》を遣う……）

小宮山流居合の奥伝三勢のひとつに、浪返の技がある。

前後ふたりの敵を相手にしたときの技で、まず前の敵に対し、その膝先へ抜きつけの一刀を水平に払い、その出足をとめるとともに、上段に被《かぶ》りながら反転し後方の敵の頭上から斬り落とす。このときの刀身の流れが、引いて返す浪に似ていることから浪返と呼ばれている。

弥次郎は抜刀の体勢のまま、スッと一歩前に出た。

ヤアッ！

という鋭い気合と同時に、武士の膝先へ抜きつけた。その一刀をかわそうと、前方の武士は背後に飛びすさる。

弥次郎の体勢が大きく動いたのを見て、背後にいた宇佐美が下段から逆袈裟に斬り上げようと、一歩踏み込んだ。

その頭部に、反転した弥次郎の渾身の一撃がもろに決まった。ガッ、と頭蓋の砕ける音がした。まさに幹竹割《からたけわ》りだった。西瓜《すいか》のように割れた頭部から血と脳漿《のうしよう》が飛び散った。

崩れるように倒れた宇佐美から悲鳴も呻き声も聞こえなかった。即死である。

「……！」

武士は凄まじい弥次郎の斬撃に目を剝き、一瞬硬直したように動きをとめたが、

「ひ、引け！」

と一声叫ぶと、反転して走り出した。

忍びの心得があるらしく、逃げ足は迅い。弥次郎は追わなかった。唐十郎や相良が気がかりだった。

8

ほぼ四間の間合で対峙したまま、唐十郎と鳥飼は動かなかった。

鳥飼は切っ先をだらりと下げ、柳枝のように立っていた。だが、表情のない白皙《はくせき》にうすく朱が差している。

潮合《しおあい》だった。鳥飼の全身に満ちた気勢が、わずかな風で静かな水面にさざ波が立つように、その顔面に朱を注いでいるのだ。

その凍り付いたような緊張を破ったのは、唐十郎だった。

ピクッ、と右肩先を動かし、抜刀の強い気配を放射した。

これは動かぬ敵に見せる唐十郎の色《いろ》（斬撃の気配）だった。後《ご》の先《せん》を狙って敵に仕掛けさせる誘いである。

この誘いに、引き絞った矢を放つように鳥飼の体が躍動した。

短く踏み込んで、柄に手をかけた唐十郎の右腕を狙って斬り上げたのである。だが、これは鳥飼の捨て太刀だった。

踏み込みが浅く、四間の間合では切っ先がとどかないが、浅く斬り上げて敵の斬撃を誘い、斬り込んできたところを右から上膊を狙って斬り上げるのである。いわば、これも後の先を狙うための色といえた。

鳥飼が斬り上げた次の瞬間、唐十郎が前に跳び、電光のように鋭く切っ先が伸びた。

ヤアッ！

間髪《かんはつ》をいれず、鳥飼が気合を発しながら斬り上げる。

唐十郎の切っ先が鳥飼の首筋へ、鳥飼のそれが唐十郎の右上膊へ……。

薄闇に刃の嚙み合う青火が飛び、金気《かなけ》が流れた。

一合した瞬間、唐十郎は背後に跳ね飛び、鳥飼はすばやく下段に刀身を落とした。

唐十郎の袖口が裂け、鳥飼の肩口が横に切り裂かれていた。ふたりの刀身が触れ合ったのは、それぞれが狙った場所へ切っ先が伸びた後だった。

ふたりともかすかに血の線が走ったが、皮膚をかすめただけだった。両者とも紙一重で敵の太刀筋を見切ったのだ。

しかも、唐十郎は一合した瞬間、大きく背後に跳ぶことで、連続して斬り上げてくる鳥飼の飛蝶の剣を封じていた。

だが、唐十郎も抜刀したために鬼哭の剣は遣えず、こうなると居合の威力も半減してしまう。

まさに、互角だった。

ふたたび、ふたりは四間の間合を置いて対峙した。

「……できるな！」

一瞬、鳥飼は驚愕の表情を浮かべたが、すぐに狂喜するように白装束に包まれた体を激しく震わせた。強敵と出会ったときの剣客の武者震いである。

だが、唐十郎に向けられた細い目だけは、凄愴《せいそう》さをおびてうすく光っていた。その役者のような華麗な姿の内部には、心底を凍り付かせるような冷酷さを秘めているのだ。

唐十郎は敵の爪先へ剣尖《けんせん》をつける下段へ構えた。

居合の抜刀の呼吸で、下段から敵の右腕を狙って斬り上げようとしたのだ。

「だが、次はないぞ」

鳥飼がそういって、下段に刀身を落としたときだった。

「若！」

という声がし、弥次郎が走り寄ってきた。

その足音に振り返った鳥飼は、切っ先を下げたまま数歩後退し、

「クッ、邪魔が入ったか」

と顔を歪《ゆが》め、狩谷、勝負はあずけた、といい放つと踵を返して慶昌寺の樹林のなかへ走り去った。

「若！　お怪我は」

「ない」

「あやつが鳥飼京四郎」

「そうだ。まさに妖剣……」

唐十郎は納刀しながら、相良たちのいる方を振り返った。

唐十郎たちが走り寄ってきたとき、相良は地狐の動きに目を配っていた。

鳥飼たち三人には、駆け付けた唐十郎たちが立ち向かっていた。今、相良と竹中の敵は地狐ひとりだった。

幸い地狐は、樹林にひそんだ咲と盛川たちに応戦しようと、境内の方へ踏み込んでいた。いまのうちに、地狐から離れようと思い、相良は竹中をうながして板塀沿いに走った。

「そうは、させぬ」

相良と竹中の前に立ちふさがったのは天狐だった。

右股に棒手裏剣を受けたらしく、裁付袴《たつつけ》が黒い血に染まり右足をひきずっていた。

それでも、手突矢を肩口に構え、必死の形相で迫ってきた。

（……天狐は跳べぬ。恐れることはない）

相良は苦無《くない》を前に突き出すように身構えた。竹中も抜刀し、天狐を討ちとろうと星眼に構える。

天狐は尖った顎を突き出すようにし大きな口を夜叉《やしゃ》のように歪めて、鬼気迫る形相《ぎょうそう》で走り寄ってきた。体が大きく揺れているが、思ったより迅い。しかも、手負いの獣のような凄まじい殺気を放っていた。

ヒョウ！

天狐は喉を裂くような奇声を発して、相良の前方で跳躍した。天狐の体が黒い怪鳥のように闇に飛んだ。

咄嗟《とっさ》に危険を察知した相良は、苦無を跳躍した天狐を狙って放ち、己は背後に跳んだ。だが、天狐は苦無を避けようとせず、そのまま体で受けた。しかも、空中から竹中を狙って手突矢を放ったのだ。

手突矢は竹中の肩口に突き刺さり、竹中は刀を取り落としてその場に片膝をついた。

「しまった!」

相良は顔色を変えて竹中のそばに走り寄った。

天狐は地上に両足から着地したが、体が大きく揺れた。相良の放った苦無が天狐の腹部に突き刺さっている。苦痛に顔を歪めながら、なおも天狐は相良たちの方へ迫ろうとしていた。

そのときだった。天狐の背後で黒い人影が動いた。

「狐野郎め!」

そう叫びざま、天狐に体当たりをくらわせ地面に突き倒したのは、弐平だった。

遅れて駆けつけた弐平は、天狐と地狐を捕ることだけを考え、太股に棒手裏剣を受けて板塀に寄り掛かっている天狐の姿を見つけて背後にまわり込んでいたのだ。

弐平は天狐を捕縛しようと、素早く懐から捕縄を取り出して天狐の体にかけようとした。

「町方などに、手を触れさせはせぬわ」

天狐はそう叫び、腰刀を抜くと己の喉を掻き切った。

パックリと割れた喉から、赤布のように血が八方に散った。天狐は全身を真っ赤に染めてつっ伏すように倒れた。

「こ、こいつ……！」

弐平は目を丸くして跳びすさった。

だが、足元につっ伏した天狐が動かなくなると、

「冥途で、大工の女房と赤子に詫びを入れな……」

弐平はそうつぶやいて、手にした捕縄をまるめて懐にねじ込んだ。

唐十郎と弥次郎が相良のそばに走り寄ったとき、竹中は傷口を押さえて地面に座り込んでいた。出血が激しいらしく、小袖の肩口から脇腹にかけて血に染まっていた。

「手突矢か」

唐十郎が顔をこわばらせて訊いた。

「止血の妙薬を塗りましたので……」

相良は懐から取り出した三尺手ぬぐいで、竹中の傷口を縛りながらいった。深手だが、出血が止まれば命まで奪われるようなことはなさそうだった。

相良が手当てしながら、天狐は竹中どのの首か胸を狙ったのでしょう、手突矢がわずかに逸《そ》れたのは、跳躍が足りなかったからかもしれませぬ、と話した。

「その天狐はどうした」

「手前《てめえ》で、喉を掻き切っちまいましたぜ」

弐平がしかつめ顔でいった。

「地狐は」

「咲たちを追って、境内に踏み込んだのですが……」

相良は暗い樹林に目をやった。

風に揺れる葉叢《はむら》の音がするだけで、人声も気配も感じられなかった。

だが、すぐに樹林の下草を分ける音がし、咲と盛川が前後して姿を現わした。

「咲どの、無事だったか」

唐十郎がいった。

「はい、樹上から手裏剣で攻撃しましたので」

地狐は金剛杖で巧みに手裏剣を払ったが、樹上にいる咲や盛川には手が出せなかったという。鎖帷子《かたびら》を着込んでいるため、身軽に樹上を渡るような芸当はできないのであろう。

「地狐は逃げたのか」

「はい、黒覆面の武士の引けという声を聞いて」

「うむ……。こたびは痛み分けといったところか……」

相良はそういって立ち上がった。

敵の天狐と宇佐美を討ちとったが、味方の藩士三名が敵の手に落ち、竹中も深手を負っていた。

「それにしても、あの黒覆面の武士は何者なのだ」

唐十郎は、あの武士が一味の首魁のような気がしていた。

「装束は武士でしたが、あやつ、道慧だったかもしれませぬな」

相良がつぶやくようにいった。

第五章　炎上

1

神田松永町の道場に、久しぶりに甲声《かんごえ》がひびいていた。

木刀を握っているのは、咲と唐十郎である。刺子《さしこ》襦袢《じゅばん》に袴《はかま》姿の咲は股だちをとり白鉢巻をしめて、一尺七寸の小太刀《こだち》を把《と》っていた。

道場の隅には、弥次郎が端座していて、ふたりの稽古の様子を目を細めて見ている。

咲は石雲《せきうん》流の小太刀を遣う。唐十郎の遣う小宮山流居合は、富多《とみた》流小太刀の分派で小太刀特有の寄り身や見切りの極意をとりいれたものだった。そのため、咲だけでなく唐十郎の稽古にもなり、まれにふたりで木刀を合わせることもあったのだ。

ヤアッ!

咲は頬を朱に染めて、懸命に小太刀を揮《ふる》う。
二、三合ののち、唐十郎が上段から大きく踏み込んで打ちかかると、咲は体を左に捌《さば》きながら唐十郎の太刀を受け流し、素早く懐に飛び込んで喉元に切っ先をつけた。
「……なかなかの気迫だ」

唐十郎も白皙《はくせき》を紅潮させていた。

「いまひとつ、踏み込みが浅かったように思えますが……」

咲は黒瞳《こくとう》を輝かせていった。その額には玉の汗が浮いている。

唐十郎が打ち合って負けたわけではない。上段から打ち込んでくる敵の太刀筋をはずし、懐に身を寄せて喉を突く、小太刀の技の稽古なのだ。

唐十郎が仕太刀《したち》となって上段から打ち込み、咲が打太刀《うちたち》として喉を突く。ある程度決められた形であるが、呼吸と間積《まづも》りを誤れば、木刀の打撃をもろに受けることになる。お互いに相応の力量がなければ、木刀での形稽古《かたげいこ》はできない。

「ここまでといたそう」

流れる汗を稽古着の袖で拭《ぬぐ》いながら、唐十郎は弥次郎の方に目をやった。

「若、わたしも今日のところはこれで」

弥次郎は破顔していった。

見ると、弥次郎もびっしょり汗をかいている。すでに、唐十郎や咲を相手に充分稽古していたのである。

「咲、甘瓜《あまうり》が冷やしてある。切ってはくれぬか」

甘瓜は、唐十郎の世話をしに通ってくるおかねという大工の女房が、亭主のもらいものだよ、といって、井戸端に冷やしておいてくれたものだ。
咲は、はい、と返事し、正面の神棚に座礼してから道場を出ていった。
台所の有り合わせの皿で運んできた甘瓜に、唐十郎と弥次郎はさっそくかぶりつい
た。汗をかいたあとの冷えた甘瓜は、乾いた喉を潤《うるお》し、ほどよい甘味が口いっぱい
に広がってことのほか美味《うま》かった。
門弟が通ってくるころは、道場内で飲食するようなことはなかったが、ちかごろは
平気で酒も飲むし、夏の暑い日中などに、風通しがよい、といって床板にごろ寝する
ことすらあった。
一息ついたところで、
「その後、一味の動きはどうだ」
と唐十郎が咲に訊いた。
唐十郎は慶昌寺ちかくで鳥飼と立ち合ったあと、飛蝶の剣のことが頭から離れなか
ったのだ。
(……このままでは、斬られる)
その予感があった。
鳥飼の鋭い寄り身と下段から連続して斬り上げてくる剣の迅《はや》さは、尋常のものでは

なかった。それに、対峙した敵の動きを読む水面《みなも》のような心は、唐十郎の抜刀の気配と太刀筋を正確に映しとる。

咄嗟《とっさ》に、唐十郎は大きく背後に跳ぶことで二の太刀を逃れたが、同じ手は通じぬはずだった。唐十郎の放った鬼哭の剣が予想を越えて伸びてきたために、鳥飼の出足がとまり、二の太刀が揮えなかったのだが、次は鬼哭の剣の太刀筋を正確に読んでくるはずだった。

（鬼哭の剣だけでは勝てぬ）

唐十郎は、まず、鳥飼の下段の構えをくずさねばならぬ、と思っていたのだが、その手段が思いつかない。

咲はうすく額に浮いた汗を手ぬぐいで拭きながら、

「あれ以来、一味は姿を消しております」

咲がいうには、橋場町の中屋敷に道慧や地狐は姿を見せていないという。そればかりか、奥方も藩主、讃岐守が病床にいる下屋敷につめたままで中屋敷へ行くこともないというのだ。

「その上屋敷で、ご家老の側近が斬られたとのことだったが」

その報《し》らせで、竹中は急遽《きゅうきょ》上屋敷に向かったと相良から聞いていた。

「はい、残念ながら、ご家老様の身辺をお守りしていたわれらの仲間が斬られました。……中間《ちゅうげん》を金で籠絡《ろうらく》し、宇佐美という敵の忍びのひとりが出入りの商人に化けて入り込み、討ったようでございます」

甘瓜の種を皿に出しながら、

「宇佐美はわたしが斬った男ですね」

と弥次郎がいった。

「あやつが、竹中どのを引き出すために上屋敷で騒ぎを起こしたというわけか」

唐十郎は、伊賀者を始末するためにわざわざ上屋敷へ侵入したとも思えなかった。

「はい、何としても、竹中どののお命を奪いたかったのでございましょう」

「それに、六振り目の刀もな」

唐十郎は一味が、六振りの刀に固執していることを、相良から聞いて知っていた。

「すると、唐十郎様は今後も竹中様の差料を狙ってくるとお思いですか」

「さて、それはどうかな」

一味にとって、今回の襲撃は犠牲が大きすぎた気がした。天狐と宇佐美を失っている。二度同じような手を打ってくるとも思えない。

「一味の本来の目的は、竹中どのを始末することでも、腰刀を手にいれることでもない。あくまでも、松千代君に松江田藩を継がせ、藩政を掌握することにあるはず。……刀は祈禱の小道具にすぎまい。竹中どのの腰刀が手に入らなければ、別の刀でもいいのではないかな」

「すると、だれか別の者を狙ってくると」

咲はまっすぐ唐十郎の顔を見つめた。

「おれかもしれぬ」

唐十郎は中屋敷で、しばらく滞在してはくれぬか、との奥方の誘いを断わった。奥方の胸奥には、唐十郎に対する憎悪が残っているはずである。生贄《いけにえ》として血塗《ちまみ》れた刀を捧げるには、唐十郎の刀ほど適したものはないだろう。

「そ、そのような！」

咲は驚いたような顔をした。

「それにな、あの鳥飼という男、このまま引きさがるとは思えぬ」

唐十郎の剣客としての勘だった。

鳥飼のような男は偏執的に己《おのれ》の剣にこだわる。己の飛蝶の剣で、どこまでも勝負を決しようとするはずだ。

「……………！」

咲は顔をこわばらせて視線を落とした。鳥飼が並外れた妖剣の遣い手であることは咲も承知しているのだ。

「それで、鳥飼の行方は」

唐十郎が訊いた。

「知れませぬ。中屋敷ちかくにひそんでいるはずなのですが……」

咲は、相良たちが鳥飼の行方も追っているといった。

その日の夕刻、咲が帰ったあと、唐十郎は弥次郎に頼んでふたたび道場に立った。

「若先生、どうあっても、あの男とやりますか」

弥次郎は、苦笑いを浮かべながら木刀をとった。

ふたりで、とはいわなかった。唐十郎もまた剣客として、鳥飼と決着をつけたいと思っていることを弥次郎は承知していたからだ。

「あやつの心が敵の動きを映しとる水面《みなも》なれば、おれも水面になろうと思う」

「水面に……」

「山彦を遣う」

「山彦を」

弥次郎は、ハッとしたような顔をした。

小宮山流居合、奥伝三勢のなかに山彦と呼ばれる技があった。

山彦は居合というより、抜刀してからの技である。敵が下段にとれば下段に、上段にくれば上段に、谺《こだま》する山彦のごとく敵と同じ動きをする。そして、敵が強引に己の技を仕掛けようとする一瞬の隙《すき》をついて、居合のもつ鋭い寄り身と一撃必殺の気魄《きはく》で斬り込む。敵の動きを読んで、一瞬先に仕掛ける先々《せんせん》の先《せん》と呼ばれる剣である。

「……気魄の勝負になりますな」

弥次郎はこわばった顔でいった。

飛蝶の剣の初太刀も、本来は敵の斬撃を読んで仕掛ける先々の先なのである。お互いが敵の仕掛けを同じ下段で待つことになり、当然、気魄の攻め合いになるわけである。

「剣の神髄は、気にあるのかもしれぬな」

唐十郎はそういって、木刀の切っ先を下段に落とした。

まず、唐十郎が飛蝶の剣の動きを真似、弥次郎に山彦で応じてもらうつもりだった。

ヤアッ！

トオオッ!

夕闇が忍んできた道場内に、ふたりの床板を震わすような激しい気合が響いた。

2

それから五日ほどして、相良が松永町の道場に姿を現わした。半纏《はんてん》に股引《ももひき》姿の大工か鳶《とび》のような身装《なり》で、手ぬぐいで頬かむりしていた。

「何かわかったようだな」

唐十郎は縁先に腰を落として訊いた。

「はい、やっと動き出したようでござる」

相良は頬かむりをとり、唐十郎の脇に腰を落ち着けた。丸めた頭には小さな髷《まげ》がついていた。鬢《びん》の方は伸びた己の毛らしかったが、どうやら髷は粘着剤で付けたものらしい。なかなかうまくできていて、そう思って見なければまったく気付かない。これも忍びの術のひとつなのであろう。

「動いたというと」

唐十郎は相良の頭に目をやりながら訊いた。

「明後日、橋場町の中屋敷で大谷《おおたに》彰次郎《しようじろう》という若い藩士が腹を切るそうで」

「なに、切腹を……」

「はい、五十石、徒組《かちぐみ》で、特に今回の騒動にかかわりがないようですが、勝江という奥方付きの奥女中を手籠《てごめ》にしたためとのことで……」

「勝江か。……臭うな」

唐十郎は勝江のことを知っていた。萩乃と閨《ねや》をともにした夜、添い寝役だった奥女中である。相良の話によれば、勝江はいつも萩乃の身辺にいて道慧の行なう加持祈禱にまで加わっている、とのことだ。

「大谷は生贄にござりましょう。運悪く、道慧たちの罠に嵌《は》まったものと思われます。……かならず、奥方は中屋敷へ出向くでしょうな」

「あの女の異常な好色。……いつまでも貞淑ぶりはつづかぬということか」

「狩谷どの、それで、介錯人はだれだと思います」

相良が覗くような目をして唐十郎を見た。

「……鳥飼か！」

唐十郎の脳裏に鳥飼の華麗な姿が閃《ひらめ》いた。

役者のように華麗な鳥飼が首を刎《は》ねる図は、凄絶な血を好む萩乃にとってこれ以上ない刺激的な図となろう。

おそらく、その夜は地獄の紅蓮《ぐれん》の炎につつまれ、鳥飼と萩乃の異常な痴態がくりひろげられるにちがいない。唐十郎の胸に嫌悪感がわいた。

「鳥飼が、中屋敷に姿を見せるはずでござる」

「うむ……」

「一味を討つまたとない機会でござろう。大谷の首を刎ねた刀が六振り目なれば、おそらく、道慧や地狐も姿を現わしますぞ」

相良は庭の夏草に照り付ける陽射しに、目を細めた。草陰から頭や半身を出した幾つもの石仏が、丸い頭を白く輝かせている。

「相良どの、中屋敷を襲うつもりか」

「さよう」

相良は目を細めたまま小さくうなずき、

「何とも不思議なことに、いまだに、道慧の正体がつかめませぬ。こたびを逃せば、道慧を捕らえる機会を失うかもしれませぬのでな」

そういって、唐十郎を振り返った目の奥に、忍びの頭《かしら》らしい鋭い光があった。

「だが、中屋敷を襲撃するとなれば、敵も迂闊《うかつ》に姿を現わすまい」

「極秘に、われらだけで襲うつもりです」

「伊賀者とおれ、それに弥次郎か……」

唐十郎は下駄をつっかけて、庭先へ歩んだ。

「いかにも……。場合によっては奥方様や側近の者などが、抵抗するかもしれませぬ。ご家老の手勢を動かせば、藩士同士の斬り合いとなり、必ず藩を分けての騒動となりましょう。……それに、敵勢は道慧に地狐、鳥飼、その他の仲間がいたとしても数人にござろう。多勢で動けば、かえって事前に察知され逃げられる恐れが強うございます」

相良はゆっくりとした足取りで、唐十郎の背後についてきた。

「承知した」

唐十郎も鳥飼とは決着をつけるつもりでいた。

あの紅蓮屋敷の切腹場となる白砂の上で、鳥飼と剣を交えることになりそうだった。斬殺を生業《なりわい》としてきたふたりにとって、相応《ふさわ》しい決着の場かもしれぬ、と唐十郎は思った。

「仏たちが笑ってますな」

相良はそばに来て、石仏の前にかがみ込んだ。

「このような穏やかな顔で敵と向かい合えれば、負けることはあるまいな」

唐十郎は、不動心で鳥飼と対峙できるか、で勝負は決まると思っていた。

「狩谷どの、陽を浴びたそこもとの顔は、仏と同じに見えますぞ」

かがんだまま、相良は唐十郎を見上げた。

「なに、仏と……」

「穏やかな顔をしてござる。覚悟ができた証《あか》しでござろう。……決して、鳥飼に敗れるようなことはございませぬな」

相良は、確信するようにうなずいて立ち上がった。

そうして、陽射しのなかで目を細めて笑った。

(己こそ、地蔵のような顔をしておるではないか)

唐十郎は苦笑いを浮かべて、去っていく相良を見送った。


大川の川面を渡ってきた風が、一尺ほど開けた障子から流れ込んできた。チリン、チリン、と軒下に吊した風鈴《ふうりん》が、涼しい音をたてている。

菊吉《きくよし》の二階の奥座敷で、鳥飼と勝江は裸のまま夜具に身を横たえていた。汗ばんだ肌に川風が心地よかった。

勝江は紅裏《もみうら》の肌襦袢《はだじゅばん》を腰のあたりにかけただけのあられもない姿で、片腕を鳥飼の胸にまわし短い吐息をついていた。すでに、ふたりは二度果てていた。勝江の滑《なめ》らかな背中や首筋に汗がつたっている。

「勝江、……おっと、ここではおつるだったな。おつる、大谷という藩士の切腹、お前に手をつけたためだと聞いたが」

鳥飼は天井に目を向けたままいった。

「はい……」

「まさか、お前に惚れていたわけではあるまい」

「……そのようなお話、したくありませぬ」

勝江は苦しそうに眉間に皺《しわ》を寄せた。

「おつる、大谷を切腹まで追いつめたのは、道慧の指図によってであろう」

「…………」

勝江は応えず、ちいさく首を横に振っただけだった。

鳥飼はかまわずに話をつづけた。

「お前が、大谷を誑《たら》し込んだと見ておるがな。……奥女中、勝江、なかなかのやり手よのう」

「なんのことでございますか」

勝江は顔をあげ、鳥飼に目を向けた。

「拙者とのこのような逢瀬《おうせ》も、この首に縄をつけておくためではないのか」

「……!」

一瞬、瞠目した勝江の顔から血の気が引いた。

「女の忍びを、くノ一と呼ぶそうだな」

鳥飼は勝江の腕をはずし、半身を起こした。

「そのような……!」

勝江は肌襦袢を胸にかかえ、上半身を震わせた。さっきまで上気していた顔が、凍りついたように蒼ざめている。

「拙者は、お前がくノ一であろうと、歩き巫女《みこ》であろうと、どうでもよい。……ただ、寝首を掻くつもりでいるなら早く仕掛けろ。いつまでも、このような逢瀬はつづけられまい」

勝江は唇を震わせ、胸に紅裏の襦袢を抱きながら、

「と、鳥飼様……! お許しくださいませ。……勝江は道慧の娘にございます。なれど、鳥飼様をお慕いする気持ちに偽《いつわ》りはございませぬ」

と必死の形相で訴えた。

「道慧の娘か……」

さすがに、鳥飼も驚いたようだった。

勝江が涙声で切々と語ったことによると、松江田藩内から二年ほど前、父道慧とともに上府してから奥方の腰元として仕え、奥方が若い藩士と密会するための手引きをしたり、添い寝をしたりしてきたという。

「それも、道慧の指図か」

「はい、道慧は父であると同時に、十貫流忍び組のお頭でもあります」

「国許で噂に聞いた横瀬ノ百造か」

「はい」

鳥飼は十貫流を学ぶ者のなかに忍び組と称する組織があることを耳にしていた。すでに、天狐、地狐、宇佐美の三人は忍び組の者だろうと察してはいた。

「それで、拙者に近付いたわけは」

鳥飼があらためて訊いた。

「初めは、鳥飼様の監視にございました。なれど、何度かお逢いするうち、勝江の心は変わってしまいました。忍びとして一度は捨てた女の身なれど、心の内から突き上

げてくる愛《いと》しさを抑えることができないのです。……鳥飼様、勝江は死にとうござい
ます。あなた様といっしょに死にとうございますゥ……」
ふいに、勝江は声をつまらせながら鳥飼の肩口に腕を伸ばし、抱きしめた。この女
にこれほどの力があるのか、と思わせるほどの強い抱擁だった。
襦袢が滑り落ち露《あらわ》になった勝江の肩口へ腕をまわすと、鳥飼は薄嗤《うすわら》いを浮かべ、
「おれは蝶だ。女の蜜を吸う蝶だよ……」
と勝江の耳元でつぶやいた。
その声が聞こえたのか、聞こえなかったのか。勝江の嗚咽《おえつ》は火の点いたように激し
くなり、自分の裸身を鳥飼の肌に擦《こす》りつけるように激しく身悶《みもだ》えした。

3

風があったが、皓々《こうこう》とした月光が橋場町の中屋敷を照らしていた。屋敷内から灯明《あかり》
は洩れていたが、深閑とし人声や物音も聞こえなかった。ただ、庭園の方から虫のす
だきが、絶え間なく聞こえてくる。
今、中屋敷の築地塀を前に、丈の高い夏草に身を隠して、五人の人影があった。唐

十郎、弥次郎、相良、咲、盛川である。

唐十郎と弥次郎は小袖に裁付袴《たっつけ》姿で、草鞋《わらじ》を履き襷《たすき》で両袖を絞っていた。相良たちは鼠染めの筒袖《つつそで》に伊賀袴《いがばかま》の忍び装束である。

「まちがいなく、一味は集まっているのか」

声をひそめて唐十郎が相良に訊いた。

「すでに、屋敷内にいる竹中どのの配下の者より、道慧らしき僧が離れに入ったとの報らせがござった」

相良によると、襲撃の計画は竹中や家老も承知しており、当夜は竹中の配下の者を屋敷内に置き、中の様子を報らせる手筈になっているという。

「鳥飼は」

「申《さる》ノ刻《こく》(午後四時)前に、鳥飼の介錯により藩士の切腹はすんでいるそうです」

「…………」

すると、今ごろ鳥飼は屋敷内で酒肴のもてなしを受けているのであろうか。離れでの道慧の加持祈禱が終われば、あの地獄絵の描かれた部屋で、鳥飼は萩乃と逢うはずだ。

「屋敷内には、道慧、地狐、鳥飼、それに奥方と腰元、それに数人の藩士や中間がいるだけでござる。藩士や中間は本殿と長屋におりますので、まず気付かれる恐れはございませぬ」

「太田と清水は」

「太田は道慧たちと一緒にいるかもしれませぬ。刃向かえば、斬ってもかまわぬ、とのこと。……また、清水どのは表屋敷におられるようだが、万一、襲撃に気付き刃向かうようなことがあっても、斬らぬようにとのことでござる」

どちらの派にも与《くみ》していない用人の要職にある清水を斬れば、後々までもお家騒動の火種になると考えたのだろう。それに、配下の藩士にさえ疎《うと》んじられているような偏屈な老人を、あえて斬る必要はないとの判断もあるようだ。

「参りましょうか」

相良が立ち上がった。

竹中の配下の藩士が裏門の潜《くぐ》り戸《ど》を開けておいたとのことで、五人は難なく屋敷内に侵入できた。

「狩谷どのと本間どのは、しばし、ここで」

相良が枯山水の巨岩の陰に導き、そこにひそんでいるよう、ふたりに指示した。

敷地内の要所に鋼鉄線が張られていて、足で引っ掛けると侵入を知らせる音の鳴る仕掛けがあるという。

相良は咲と盛川を従えて、月明かりにその装束の浮き上がる白砂の上をあえて走った。しかし、その姿が見えたのはほんの一瞬で、すぐに表屋敷の陰に入って見えなくなった。

唐十郎は眼前の白砂に目をやった。

そこだけ、月光に青白く浮き上がったように見えた。ここで、藩士のひとりが鳥飼に首を刎ねられ、白砂に夥《おびただ》しい鮮血が散ったはずである。今は、かすかに箒目《ほうきめ》らしき跡があるだけで、血痕も残っていない。

だが、その庭に面して建つ主殿である表屋敷や左手後方にある離れが、薄闇のなかに伏魔殿のように沈んでいた。この屋敷のどこかに、色魔のような萩乃と蝶の化身のような鳥飼がいるはずである。

唐十郎の目には青白く浮き上がった砂を敷いた庭先が、まだ幕の閉じてない舞台のように見えた。

しばらく、巨岩の陰で待つと、その白砂の上に咲の姿が現われた。くっきりと浮かび上がった肢体は、しなやかで躍動的だった。

「唐十郎様、やはり、道慧たちは離れにおりました」

咲の報告によると、離れには道慧、地狐、太田、勝江の四人がいるらしい。すでに、調伏の祈禱は終えたらしく、四人で密談しているという。

「鳥飼は」

「鳥飼と奥方様は、表屋敷のようでございます」

鳥飼は酒肴のもてなしを受け、奥方は奥の間で休んでいるのかもしれない。

「どうする？」

「はい、お頭は、離れに押し入り、まず、道慧たちを始末する存念にございます」

忍びの任についているとき、咲は父親の相良のことをお頭と呼ぶ。仕事に私情をはさまないためらしい。

「承知した」

唐十郎と弥次郎は岩陰から立ち上がった。

咲の先導で、唐十郎と弥次郎は白砂の上を走り、離れと表屋敷をつないでいる廊下の前で相良たちと合流した。

「道慧たちは、いるのか」

「はい、中に。まず、雨戸を破ってわれらが侵入し、手裏剣を遣います」

相良によると、中庭に面した廊下の先が二十畳ほどの板の間になっていて、そこに護摩壇が設けられ、調伏の祈禱を行なう場所になっているという。そこに、四人が集まっているというのだ。

「中の灯明《あかり》は」

「板戸の隙間から洩れてくる灯《ひ》は弱いゆえ、燭台でござろう。すでに、調伏炉の火は消されていると見てよろしいでしょう」

「同士討ちはせぬかな」

暗闇での斬り合いで、もっともおそれるのは同士討ちである。そうでなくとも、室内では限られた動きしかできない。

「……盛川が龕燈《がんどう》で照らしますので。敵は襲撃を察知すればすぐに灯を消し、表に飛び出すはず、そこを、唐十郎どのと弥次郎どので」

迎え討つ、ということらしい。

「承知した」

「では……」

相良が先頭に立ち、咲と盛川が後につづいた。

苦無《くない》で雨戸を外すと、三人がスッと屋敷内に消えた。唐十郎と弥次郎も盛川が手にした龕燈の後を追って屋敷内に入った。

相良が障子を開け放つ音と三人の足音が廊下にひびいた直後だった。フッ、と室内の灯明がかき消え、漆黒の闇につつまれた。

だが、すぐに盛川の持つ龕燈の明かりが深い闇を照らした。その光に数人の人影が浮かび上がった。法衣姿の道慧、それに地狐や太田らしき姿も見えた。そのとき、道慧が激しい声で叫んだ。

「撃てい！」

その瞬間だった。思いもよらぬことが起こった。

ふいに、相良たち三人のいた敷居あたりで轟音が起こり、激しい閃光が疾《はし》った。

「宝録火《ほうろくび》だ！」

叫びざま、相良はその場に俯《うつぶ》せになった。

盛川と咲もすぐに反応した。

宝録火とは、現在の手榴弾である。椀状の土器を合わせ、その中に爆発力の強い火薬と古釘や鉄粒を詰め密封し、導火線に点火して敵の集まっている中に放り込む。忍びの使う殺傷用の火器だが、パラパラと鉄片が飛んだだけで、それほど威力のあるものではなかった。

だが、火炎が八方に飛び、アッ、という間に障子に燃え移った。

「火だ！」

障子から欄間、天井へと燃え移った炎は、漆黒の闇につつまれた部屋を照らし出し、黒煙でつつみはじめた。見る間に、炎は柱をつたい天井を走った。

「逃げるぞ！」

僧侶姿の道慧と勝江、太田が表屋敷へつづく廊下側の襖《ふすま》を開けて飛び出そうとしていた。地狐がひとり、猛然とした勢いで黒煙の中を、こっちへ向かって突進してきた。

「くらえ！」

相良は棒手裏剣をつづけざまに放つと、

「咲、狩谷どのを廊下へ！」

と叫びざま、地狐を迎え討つように苦無を取り出した。盛川も煙を避けるように身を低くして忍刀を構える。

4

雨戸から屋敷内に入ったところで轟音を聞いた唐十郎と弥次郎は、その場で足をとめた。閃光のはしった方に目を凝らしていると、すぐに咲が飛び出してきた。

ふたりは中の状況を聞くと、

「地狐の相手は、わたしが」

そういって、弥次郎は黒煙の流れてくる方に踏み込んだ。

唐十郎は屋敷から飛び出すと、咲の後について表屋敷へつづく廊下側へ走った。

廊下を背にして羽織袴姿の武士が、抜き身をひっ提げて立っている。太田である。

道慧と勝江は、太田の背後にいた。

法衣姿の道慧は刀を抜き、下段に構えていた。僧侶とは思えぬ鋭い殺気を全身から放射している。黒鞘を腰に差した隙のない身構えは、修行を積んだ兵法者を思わせた。

「うぬ、狩谷、ここは通さぬぞ」

太田は顔を赭黒《あかぐろ》く紅潮させて、つかつかと歩み寄って来た。

外された雨戸から噴出した黒煙が風に流れ、太田の半身を包み込むように押し寄せてきた。急速に火は燃え広がっているようだ。

風は屋敷から大川に向かって吹いていた。表屋敷や裏屋敷が直接炎や煙を浴びることはないようだが、延焼の恐れはある。

表屋敷の方から、叱咤するような人声と慌ただしい足音が聞こえた。離れが燃えはじめたことに気付いたらしい。

太田は下段に構えた。黒袴の下半身を乳白色の煙が雲のように包み込んでいた。

「そこをどけ、どかねば斬るぞ」

唐十郎は柄に手を添えたまま、無造作に間境に入った。

エエイッ！

喉を裂くような甲声《かんごえ》を発し、太田は下段から脇腹を狙って斬り上げてきた。

わずかに右に体をひらいて、その切っ先を見切った唐十郎は、ヤアッ！　という鋭い気合と同時に、祐広を抜きつけた。

右身抜打《うしんぬきうち》。

小宮山流居合、初伝八勢のひとつ、立ち居からの基本技である。正面から打ち込んでくる敵の斬撃を体を右にひらいてかわし、敵の胴へ斬り込む。

この右身抜打がみごとに決まった。

その場につっ立ち、上体をのけ反らせた太田の腹部から臓腑が溢れ出た。太田は喉をつまらせたような呻き声をあげながらくずれ落ちた。

素早く反転して道慧を見ると、法衣を風にひるがえして表屋敷の手前を走っていた。勝江がすぐ後に従う。どうやら、太田が斬り込むと同時に逃げ出したらしい。

「唐十郎様、あれに!」

そのとき、咲が鋭い声をあげ、庭園の方を指差した。

見ると、表屋敷の前の白砂《はくしゃ》の上に白装束の男が立っている。

「鳥飼か!」

ひとり、青白い月光を受けて精霊のように浮かび上がっていた。

離れ屋敷から立ち昇った煙は風に流れ、大川方面の夜空を朦々《もうもう》と覆っていた。屋敷の軒下や欄間などから火炎がたち上り、巨大な舌で夜気を舐めている。

すでに、道慧と勝江は表屋敷の中に逃げ込み、その姿はなかった。

建材の爆《は》ぜる音や家具や襖《ふすま》の燃え落ちる音などにまじって、悲鳴、怒声、砂利地を駆けまわる足音などが聞こえてきた。

立っている鳥飼の着流しの白小袖に、火炎がかすかに映じ、半身を鴇色《ときいろ》に染めていた。

唐十郎は血糊《ちのり》のついた抜き身をひっ提げたまま、歩み寄った。

「やはり、おぬしが来たか」

鳥飼の細面《ほそおもて》に、揶揄《やゆ》するような嗤いが浮いた。

「決着をつけようぞ」

唐十郎はおよそ五間ほどの間合《まあい》を置いて、歩をとめた。

表屋敷の方に目をやると、庭園に面した板戸の一枚が一尺ほどひらき、中でチラチラ動く人影が見えた。白や朱の華麗な衣装が動いている。

（……萩乃！）

この期に及んでも、まだ、殺戮の血を観ようというのか！　唐十郎の胸に強い憎悪がわいた。

「唐十郎様、ご助勢を！」

咲が棒手裏剣を取り出し、身構えた。

「咲、手出しはするな。こやつとは、尋常な勝負がしたい」

そういうと、唐十郎は二、三歩間合をつめた。
ツ、ツ、と咲は棒手裏剣を手にしたまま背後に身を引く。
「居合が抜いたままでいいのか」

鳥飼は訝しそうな顔をした。

「小宮山流居合、山彦。このままお相手いたす」

「抜いてからの技もあるということか」

鳥飼はスラリと抜刀し、だらりと切っ先を足元に落とした。自然体で立ち、構えには敵を威圧するような殺気はなかった。澄んだ水面のごとく敵の心の動きを映そうとする構えである。

すかさず、唐十郎も切っ先を落として下段に構えた。

間合は三間ほど。まだ、一足一刀の間境に入っていない。

鳥飼が爪先で地面を擦るようにして、ジリジリと間合をつめてくる。すると、唐十郎も同じように間合をつめはじめた。

一瞬、鳥飼の顔に驚愕の表情がはしった。

そのまま間境に入ることに危険を感じたのか、ふいに鳥飼の足がとまった。同時に、唐十郎の足もとまる。

鳥飼の顔に戸惑いが浮いた。

「おぬし、おれの剣を真似るつもりか」

「…………」

唐十郎は応えず、気を鎮め観《かん》の目《め》（敵の構えや動きにとらわれず、遠山を眺望するように見る）で、鳥飼の姿全体をとらえていた。心を無にし、鳥飼の仕掛けの起こりを察知し、素早く反応するためである。

鳥飼の無表情な顔が苛立ったように歪んだ。そして、ピクッ、とわずかに剣尖《けんせん》を撥ね上げた。斬り上げる、と見せた牽制《けんせい》である。

だが、唐十郎もほとんど同時に剣尖を撥ね上げた。

その瞬間、サッと鳥飼の白い肌に朱が差し、頬がひき攣《つ》ったように震えた。両眼が炎を映じて、狂気を帯びたように赤く光っている。

「おのれ！　愚弄《ぐろう》する気か」

鳥飼の体が怒気に震え、下段に構えた刀身が揺れた。

澄んだ水面が波立ち、凄まじい闘気が鳥飼の全身をつつんだ。そのしなやかな体から飛びかかる寸前の猛虎のような凄まじい殺気を放射した。

来る！

その気配を察知するや、唐十郎の体が前に躍った。

イヤアッ！

裂帛《れっぱく》の気合とともに、鳥飼が掬《すく》い上げるように左上膊を斬り上げた。パッ、と緋色の蝶を染めた両袖がひるがえる。

ふたりの鍔元《つばもと》で火花が散り、カッ、という刀身を弾く音がひびいた。

げたのだ。唐十郎は鳥飼の太刀筋を読んで反応し、右からその刀身を払うように袈裟に斬り上

ふたりは、一合し、サッと背後に跳んだ。

だが、ふたりとも間髪を入れず、跳ね返るように鋭く前に踏み込み二の太刀を揮っていた。

鳥飼は両袖をひるがえし、敵の右上膊を狙う飛蝶の剣を。唐十郎は上体を伸ばして右手一本で敵の首筋を刎ねる鬼哭の剣を。

一瞬、白刃が二筋の閃光を発し、十文字に交差したように見えた。

ふたりの姿が入れ替わった直後、その動きがとまった。唐十郎の右袖が裂けて風に揺れ、鳥飼の顔が割れたように歪んだ。

そして、鳥飼の首筋に血の線が浮き、ふいに血が噴出した。血は紅色の帯のように薄闇にまっすぐ伸びた。

唐十郎の肉を斬らせて骨を斬る刀法だった。

一度後方に引いたため、鳥飼の切っ先はわずかに届かず、一方、唐十郎の切っ先は片手打ちのため大きく伸びたのだ。この差を見切って、唐十郎は山彦から鬼哭の剣へと連続技をくり出したのだ。

鳥飼はその場につっ立ち、右手で首筋を押さえた。シュル、シュルと音をたてて指の間から血が噴出し、見る見る顔や白小袖を鮮血で染めた。

「お、おれの血か！」

鳥飼は両眼を剝き、ひき攣《つ》った声をあげた。

白小袖は、花弁を撒き散らしたように真紅に染まっていた。鳥飼は青白い顔を般若《はんにゃ》のようにゆがめたまま、クッ、ククク……と喉を鳴らして嗤った。そして、二、三歩表屋敷の方へ歩き出したと思うと、崩れるように倒れた。

一瞬、辺りが静まった。

夜気を震わせた鳥飼の嗤いが、妖鬼の哄笑のように唐十郎の耳に残った。

5

鳥飼が倒れた後、表屋敷の板戸の間で華やかな着物が揺れ動き、複数の女の悲鳴が起こった。唐十郎は一瞥しただけで、祐広の血糊を懐紙で拭うと納刀して表屋敷に背を向けた。萩乃の顔を見る気も起こらなかった。鳥飼を斬ったときに、萩乃に抱いた憎悪も消えていた。

唐十郎が離れの方に歩き出したときだった。板戸がさらに一尺ほど開き、御殿女中らしい衣装の女がひとり白足袋のまま庭先へ飛び出してきた。

勝江である。蒼ざめた顔で懐剣を握りしめている。奥女中らしからぬ敏捷な足の運びで、唐十郎に迫った。

「唐十郎様！」

咲が矢のような迅さで、勝江の前に走り寄った。

「お、おのれ！」

勝江はひき攣《つ》った顔で、前に立ちふさがった咲に斬りつけた。

「われらは、賊ではない」

いいざま、咲は小太刀で勝江の懐剣を弾き、スッと身を寄せて喉元に切っ先をつけた。石雲流小太刀の寄り身である。

「咲、離してやれ」

振り返って唐十郎がいった。

唐十郎も咲も勝江が道慧の娘で忍びであることは知らなかった。ただ、咲は唐十郎の背後に迫った身のこなしから、武家や商家の娘の出ではない、と察知していた。

咲は勝江の懐剣を奪い取り、奥方様をお守りするのがつとめでありませぬか、といって、勝江を突き放した。

よろけながら後退した勝江は倒れている鳥飼のそばに身を伏すと、ふいに鳥飼の手から刀を取り、

「鳥飼様！　おそばに！」

と叫びざま、己の喉を切っ先で刺し貫いた。

「な、なに！」

唐十郎と咲は驚愕に目を剝いたまま、勝江を見すえた。思いも寄らぬ勝江の振る舞いだった。

勝江は自力で喉の刀を抜き取ると、仰臥《ぎょうが》している鳥飼の胸に抱きつくように身を伏した。勝江の喉から流出した夥《おびただ》しい血が、鳥飼の白い衣装を新たに赤く染めていく。ふたりの男女は、赤い血で染まりながら折り重なっていた。

「勝江は、鳥飼の女だったのか！」

唐十郎がいった。

「……………！」

咲は息を呑んで、ふたりの姿を見つめている。

白砂《はくしゃ》の上で、ふたりの姿がひとつに溶けあったように見えた。

「これで、思いが遂げられたのかも……」

ふいに、咲は顔を曇らせつぶやくようにいった。

唐十郎と咲は、素早く折り重なったふたつの屍体に手を合わせてから離れの方に走り出した。


一方、離れの屋敷内では、弥次郎が煙の中に地狐の動きを追っていた。

地狐は怒りに顔を赭黒《あかぐろ》く染め、床板を踏み鳴らしながら走り出てきた。黒煙の中から躍り出た巨熊のようであった。

弥次郎は廊下に立ったまま、迎え撃つように腰を深く沈めた。障子や柱のある狭い場所での太刀捌《さば》きは、身を低くして刀身を短く鋭く振らねばならない。しかも、地狐は鎖帷子《くさりかたびら》で鎧《よろい》のように身を防御しているはずだ。かんたんには斬れない。

小宮山流居合、真向両断《まっこうりょうだん》。

弥次郎は、もっとも基本であるこの技を遣うつもりだった。頭部を斬撃するより他に地狐を倒す方法はないと踏んだのだ。

抜き上げた刀を敵の正面から斬り落とす。それだけの技である。ただ、敵の攻撃を恐れぬ勇猛心と正確な間積りが必要になる。敵の攻撃を恐れて身を引いたり、間の読みも誤れば逆に敵の打突をまともにくらうことになるのだ。

オオオッ！

獣の咆哮《ほうこう》のような叫び声をあげて突進してきた地狐は、間境《まざかい》の手前で金剛杖を振りまわした。バリバリと障子が破れ、桟《さん》や紙片が飛び散った。

弥次郎はその金剛杖ごと斬り落とすつもりで抜き上げ、鋭く踏み込んで斬り落とした。渾身《こんしん》の一撃だったが、わずかに切っ先が額をかすめただけで空を斬った。

胸元を薙《な》いできた杖の尖端をはずしてからの踏み込みだったため、浅かったのだ。

「おのれ！」

額から流れ出た血を法衣の袖で拭いながら、地狐はさらに激しく金剛杖を振りまわした。

弥次郎は背後に跳ぶと雨戸を蹴破って、庭先へ飛び出した。抜刀したままでは地狐の杖に太刀打ちできなかったのだ。弥次郎につづいて相良と盛川も飛び出した。

そして、朦々《もうもう》とした煙とともに地狐が姿を現わした。

「伊賀の犬もいっしょに始末してくれるわ」

地狐は両手で持った金剛杖を頭上で回転させながら弥次郎と対峙し、左右の相良と盛川にも視線をおくった。

相良と盛川は忍刀を抜き、刺す機会を狙っていた。忍刀は直刀にちかく、斬るより刺殺に適している。それに、鎖帷子を着込んでいる地狐を倒すには、刺すしかないのだ。

遠間《とおま》のまま弥次郎は腰を落として、脇構《わきがま》えにとった。居合の抜刀の呼吸で、右から逆袈裟に斬り上げようとしたのだ。

（よくて、相打ちか……）

弥次郎は地狐の金剛杖の打突を見切って、斬り上げるのは難しいと察知した。杖の攻撃は左右、上下から連続してくる。一打をかわしても、次の打突はかわせない。しかも、地狐の頭部しか斬ることができないのだ。

弥次郎は相打ち覚悟で、首筋を狙って斬り上げるしか手はないと思った。

ぐいぐいと地狐は間合をつめてきた。

オオオッ！

号叫をあげながら、地狐は弥次郎の頭を砕こうと杖を強振した。

さらに腰を落として、この打撃をかわした弥次郎は、すかさず脇から斬り上げたが、刀身は厚い肩に当たって跳ね返った。

弥次郎は、地狐の次の攻撃をさけようと背後に跳んだが体勢がくずれた。そのとき、相良と盛川が両脇から地狐を突こうと迫った。

「犬め！」

踏みとどまった地狐は、金剛杖を振ってふたりを追い散らした。

その一瞬の間を得て、弥次郎は背後に跳びすさり、体勢を立て直す。

地狐をかこんで三人の動きがとまった。迂闊に仕掛けられなかった。三人でかかっても、地狐は強敵だった。

地狐が背にした屋敷から、煙が黒竜のように夜空に昇り、庇《ひさし》や欄間《らんま》などから炎が上がっていた。轟々とひびく炎の渦音のなかで柱や板の爆《は》ぜる音や燃え崩れる音が、つづけざまに起こった。

半鐘が鳴っている。門前仲町の火の見櫓《やぐら》らしく、鐘の音は遠い。

地上を舐めるように流れる煙のなかから、複数の人声が聞こえた。そして、すぐに五、六人の男が走り寄ってきた。

「ぞ、賊め！　討ちとってくれようぞ」

声を震わせて叫んだのは、先頭にいる清水だった。

白髪の鬢《びん》がほつれ、驚きと怒りとで両肩をぶるぶると震わせていた。すでに、清水は抜刀し、下段に構えた刀身が炎を映じて赤く光っている。矍鑠《かくしやく》とし、興奮しているせいでそう見えるのか、思いのほか構えにも覇気がある。その下段に構えた姿が、くっきりと黒煙と火炎を背にして浮かび上がって見えた。

その清水の両脇に、松江田藩士らしき武士が三人、中間が二人いた。三人の藩士は戸惑っているふうに顔を見合わせていた。

燃え盛る屋敷の前で、侵入した賊と思われる一味を相手に、墨染めの法衣を荒縄で縛った憎らしき巨軀の男が、金剛杖を揮っているのだ。どちらが侵入した賊なのか、分からなかったのであろう。

「この男、江戸を騒がせている地狐でござる」

相良が大声で告げた。

その声に、三人の藩士がいっせいに動いた。

だが、どうしたわけか三人は真っ直ぐ弥次郎や相良に切っ先を向けてきた。しかも、殺気に底光りした目をしている。

「うぬら、道慧に与《くみ》している者か」

相良はすぐに察知した。

太田の配下で、松千代派の藩士だったのだ。

相良たちが三人に応戦しようとしたときだった。ふいに、地狐は法衣をひるがえし、おぬしらの命、あずけた、といい捨てて、表屋敷の裏手に向かって走り出した。

地狐が、その場から逃げ出したのは庭園の方から駆け寄ってくる唐十郎と咲の姿を目にしたからである。

6

地狐が逃走し、駆け寄ってくる唐十郎の姿を見ると、三人の藩士は、急に逃げ腰になった。

唐十郎は相良たちが藩士たちに切っ先を向けられているのを見ると、鋭い寄り身で迫った。

小宮山流居合、虎足《こそく》──。

鋭い寄り身が極意の技である。遠間の敵に対し、上段に抜き上げて敵を威圧し、一気に身を寄せて腕を斬り落とす。その猛虎のような寄り身と、鋭牙《えいが》のごとき小手斬りから虎足の名で呼ばれる。

ギャッ！という叫びと同時に、相良と対峙していた藩士の右腕が虚空《こくう》に飛んだ。

さらに、動転して逃げようとする藩士の背に追いすがり、刀身で半円を描きながら袈裟に斬り落とした。

首根から下腹部まで斬られ、血を噴きながら前につんのめるように倒れ込んだ。

追切《おいきり》である。

逃げる敵に背後から迫り、鍔元から引くように斬る。

唐十郎は虎足から追切まで、連続して技を繰り出した。流麗な舞いのような太刀捌きだった。

「おみごとでございます」

相良と弥次郎がそばに歩み寄った。

すでに、弥次郎もひとりの藩士を斬り倒していた。

「か、狩谷どの、こ、これはどうしたことじゃ」

清水はばたばたと駆け寄ると、興奮に唇を震わせて、唐十郎に訊いた。

「われら、ゆえあって賊を追っております。離れに火を放ったのは、そやつらの仕業」

唐十郎はそう伝えた。

「な、なにゆえ、当家に……」

相良がふたりの間に割って入り、

「清水どの、子細は後刻。……唐十郎どの、道慧は」

と訊いた。

「表屋敷に入ったままだが……」

「清水どの、奥方様は」

相良が清水に訊いた。

「ひとまず、奥ノ間に、ご避難されておられるが」

「どうやら、延焼の心配はなさそうだ」

相良は離れに目をやった。

燃えつづけている離れの火勢は衰えてきていた。屋敷の大部分は崩れ落ち、燃え残った柱や土壁などが黒々とした山になっていた。屋敷の焼け跡を包んだ煙はさかんに大川方面に流れていたが、炎は黒焦げの建材を舐めるように這っているだけである。

風が大川方面に吹いていたため、表屋敷や隣家への延焼は防げたようだ。

門前仲町の半鐘はまだ鳴っていた。ただ火勢の急速な衰えに、鐘を打つ間合が長くなっている。

「門から出たとは思えぬが……」

相良のいう通り、裏門にはふたりの伊賀者がいて、脱出しようとすれば捕らえるか、それができなければ報らせにくる手筈になっていた。

「それに、舟を使えば町方に捕《し》らえられる」

唐十郎がいった。

「やはり、屋敷内にひそんでいるようです。ここで、道慧を逃がすわけにはまいりませぬ。念のため、唐十郎と弥次郎どのは表裏の門へ。われらは、表屋敷に入ります。咲、盛川、つづけ」

そういうと、相良は咲と盛川をしたがえて、表屋敷の方へ走った。

「な、ならぬ！　……屋敷内に入るなど、もってのほかじゃ」

清水は声を震わせ、あたふたと三人の後を追ったが、すでに三人の姿は薄闇のなかにまぎれていた。

唐十郎と弥次郎は二手に別れ、表裏の門へ走った。

松江田藩の中屋敷で火の手があがったころ、貉《むじな》の弐平は中屋敷にちかい渡船場の猪牙舟《ちょきぶね》のなかにいた。

「旦那、火だ！」

弐平が叫んだ。

見ると、夜闇のなかに沈んだように見える屋敷の屋根や樹木のなかから黒煙が夜空にたち昇っていた。渦を巻きながらたち昇る煙は、さながら天に昇る黒竜のようであった。

「狐を燻《いぶ》り出すつもりかい」

弐平の指差した先を見上げたのは、定町廻り同心の村瀬新次郎である。

村瀬は鎖帷子に鎖《くさり》籠手《ごて》を着込んでいる。その上に黒色の胴衣《どうい》に股引《ももひき》、白木綿の帯をしめ、紺足袋に武者草鞋《むしゃわらじ》という捕物出役《とりものでやく》装束《しょうぞく》でかためている。

見ると、近くに舫《もや》ってある猪牙舟に二十人ほどの捕方が分乗していた。白鉢巻《しろはちまき》に白《しろ》襷《だすき》姿の同心もいたが、多くは刺又《さすまた》や突棒《つくぼう》などの捕物具を携えた小者《こもの》や岡っ引きたちである。いずれも鉢巻に襷がけで、昂《たか》ぶった顔をして黒煙を見上げていた。

唐十郎から、おれたちが取り逃がせば、地狐は舟で逃れようとする、捕りたければ大川をかためろ、と報らせを受けた弐平は村瀬に話し、網を張っていたのである。

「あの屋敷、紅蓮屋敷ともいうそうですぜ」

「それが、いま、紅蓮の炎に包まれているってわけか」

村瀬は目を細めて、立ち上る黒煙を見つめていた。

すぐに半鐘が鳴りだした。方角からみて門前仲町の火の見櫓らしい。

「町火消しが動き出しますぜ」

「大名屋敷だ。町火消しには手が出せん」

「火は広がりませんかね」

弐平は落ち着かぬ顔をしていた。

中屋敷のある川沿いには、大店《おおだな》の別邸や大名旗本の寮などが建ち並んでいた。燃え広がれば捕物どころではなくなる。

「いや、広がる恐れはない。見ろ、風は大川へ向かってまっすぐ吹いている。おそらく、この風を見て、火を放ったのだ」

村瀬のいう通り、煙は大川に向かって流れていたし、舞い上がった火の粉も対岸までは飛ばされず、川の途中で落下していた。

「いいか、地狐を陸へ上げたら、かんたんには捕れぬぞ。猪牙舟で取りかこんで、長《なが》柄《え》の者が突くのだ」

村瀬が捕方たちを見まわし、行くぞ、と声をかけると、六艘の舟がいっせいにギシギシと艪音《ろおと》をたてて動きだした。

中屋敷のちかくの川岸に舟をとめ、四半時（三十分）ほどしたときだった。

「来た！」

川面に目を凝らしていた弐平が声をあげた。

川上を見ると、一艘の猪牙舟が滑るように下ってくる。艪を操る大柄の人影が、月明かりに浮かんでいた。

「地狐だ！　取りかこめ」

村瀬の指図で六艘の舟がいっせいに岸辺を離れた。

三艘が川下から、他の三艘がそれぞれ迂回して川上と両側から迫るべく懸命に艪を漕いだ。

まず、川下から接近した舟が水押《みお》しをぶち当てて地狐の乗った舟を止めると、次々に水押しや舟縁を押し当てて、取りかこんだ。

「どけい！」

地狐は艪を離すと舟底に仁王立ちになり、金剛杖で川下の舟を脇へ押しやろうとした。

船頭役の捕方がけんめいに艪を操って舟体を密着させ、他の捕方が周囲から刺又、突棒、袖搦などを突きだす。

「地狐！　神妙に縛《ばく》につけい！」

村瀬が大喝するようにいった。

「おのれい！　木端役人《こっぱやくにん》」

地狐が金剛杖を振りまわすが、捕方まではとどかない。しかも、舟上は不安定なため立っているだけでやっとなのだ。

刺又で肩口を突かれ、突棒で腰を殴られ、袖搦で法衣を引き千切られるが、思うように反撃もできない。

憤怒《ふんぬ》に顔を赭黒く染めて、必死に金剛杖を揮うが、突き出される捕物具を払いきれず、顔面や両手など露出した肌は血だらけである。それでも、地狐は下半身を動かさず、両足を舟底に踏ん張ってつっ立っている。

ヌオオオッ！

地狐は傷ついた獣のように身を震わせ、咆哮をあげた。

（捕《と》れる！）

と弐平は思った。

唐十郎のいった通りだった。怪我人を出さずに地狐を捕縛するなら、舟にいるときを狙え、巨軀に鎖帷子を着込んでいる地狐は泳げぬし、揺れ動く舟上では思うように金剛杖も遣えぬはずだ、と唐十郎は弐平に話したのだ。

「地狐、観念しやがれ！」

弐平は鉤縄《かぎなわ》を取り出した。

ビュンビュンと鉤を振りまわし、背後から地狐の首筋を狙って投げた鉤が厚い肩に食い込んだ。

弐平が力任せに引くと地狐の乗った舟が大きく揺れ、凄まじい絶叫をあげながら倒れ、舟縁へ背中を打ち付けた。つづけざまに、刺又や突棒が突き出され、地狐の胸や頭を激しく打突した。

「移れ！　乗り移って、縄をかけろ」

村瀬が叫ぶと、舟縁を着けた舟から次々に捕方が乗り移った。

そのとき、地狐がふいに揺れる舟上で半身を起こした。頭から胸にかけて血だるまである。

地狐は凄まじい形相で近付いた捕方たちを睨み、

「うぬらの縄は受けぬわ」

そう叫ぶと、腰刀を抜いて喉を引き斬った。

血管《ちくだ》を切ったらしく、シュル、シュルと音をたてて血が噴出したが、カッと両眼を瞠《みひら》いたまま舟底に趺座《あぐら》をかき、捕方たちを睨み上げた。

「……！」

地狐の舟に乗り移った捕方たちは、その凄まじい赤鬼のごとき形相に思わず息を飲んで棒立ちになった。

「や、やろう!」

背後にいた弐平が握った鉤縄を力任せに引いた。

地狐は大鐘が転がるように、ごろりと後方に倒れた。

中屋敷の火は消えたらしく白煙がうすく流れているだけだった。

半鐘の音もやんでいる。

第六章　土佐吉光《とさよしみつ》

1

松永町の唐十郎の家の庭には、夏草が生い茂っていた。丈のある茅《かや》は板塀ちかくに茂り、蓬《よもぎ》や大葉子《おおばこ》などは乾いた地面に根を張っている。

暑い日だった。夕刻になって、陽射しはやわらいだが、繁茂した樫《かし》にいるらしい油蟬の鳴き声が、むしむしした熱気を撹拌《かくはん》していた。

唐十郎は一尺ほどの石仏の背に、鳥飼京四郎の名を小柄の先で刻んでいた。暑い。頰や首筋から汗が流れ落ちる。

「恐ろしい敵でしたな」

その手元を覗き込みながら、弥次郎がいった。

「……妖異な剣だった」

唐十郎は鳥飼の名の次に、飛蝶、の文字を刻んだ。

弥次郎は徳利をとって、唐十郎の膝先にある茶碗に酒を注ぎながら、

「地狐は自害したそうですな」

と話を変えた。

「南町としては、面目がたったろう」

唐十郎は、弐平から大川での捕物の様子を聞いていた。

捕縛はできなかったが、大工の母子《おやこ》や道場の門弟を斬殺した天狐と地狐を追いつめ討ちとったのである。

松江田藩のお家騒動などは、弐平や町方にとってはどうでもいいことだった。江戸の巷《ちまた》を騒がせた殺人鬼を始末したのだから、それで奉行所の面目はたつ。

「それにしても、道慧を逃がしたのは残念でしたね」

弥次郎は手酌で、自分の茶碗に注ぎながら声を落とした。

中屋敷を襲撃した夜、相良たちが屋敷内をくまなく探したが道慧は捕らえられなかった。裏屋敷内の奥の間に、萩乃がふたりの腰元とともに身をひそめていただけで、それらしい姿はなかったのだ。

裏門から出た様子もなく、藩士の住む長屋や中間《ちゅうげん》たちの出入りする中間小屋まで探したが、道慧は発見できなかった。

「消えたということか……。まさに、怪僧だな」

唐十郎は一口茶碗酒を飲むと立ち上がり、下駄をつっかけて庭に降りた。

石仏の並んでいる庭隅の蓬や大葉子などの雑草を引きぬくと、新しい石仏を立て、徳利の酒を頭からかけた。

唐十郎がその石仏の前に屈み込み合掌していると、背後で足音がした。

塗り笠に黒の法衣、雲水姿の相良である。

「供養なら、愚僧が経をあげましょうか」

そういいながら、相良は笠をとった。顔は笑っていたが、目は鋭かった。

「相良どのの経では、成仏できる者も冥府《めいふ》を彷徨《さまよ》うことになろうな」

「まさに……」

「ところで、相良どのが直々にお見えになったのは、道慧の行方が知れたということでござろうか」

中屋敷を襲撃してから三日経つ。この間、相良が仲間の伊賀者を動員して道慧の行方を追っていたことは唐十郎も知っていた。

「それが……」

相良は苦笑いを浮かべた。

傷の癒《い》えた竹中の手も借りて、中屋敷内を探ったが道慧の行方はつかめなかったという。

「清水どのが知っているのでは」

唐十郎は立ち上がって縁先へ戻った。

清水は中屋敷の管理の責任者だし、当夜も屋敷内にいた。当然、道慧の存在も知っていたはずだ。

「それが、中屋敷に僧侶が来ていることは知っていたが、讃岐守様の病気回復のための祈禱と承知していたそうでござる。天狐、地狐はむろんのこと、あの夜、道慧が中屋敷にいたことも知らなかったそうで。……それに、離れに行ってはならぬと奥方に釘を刺され、火事騒ぎが起こるまで自室にこもっていたらしいのでござる」

「律義に、奥方のいいなりになっていたということか」

「そのようで……」

「あやつ、老耄《おいぼれ》のわりには、覇気《はき》のある構えをしていたが……」

唐十郎は、相良たちのところへ駆け寄ったとき、遠目だが清水が下段に構えていたのを目にしていた。

「…………」

「あれも、十貫流か」

「ほう」

一瞬、相良の目が光った。

「松江田藩は十貫流が盛んなようだな。それにしても、道慧はどこに消えたのか……」

「あやつがひそんでいたと思われる巣穴は知れました」

「ほう、どこだ」

「同じ橋場町にある菊吉《きくよし》という小料理屋でござる。この店の女将《おかみ》が、一味とつながっていたようで、天狐、地狐、それに宇佐美は店の下働きの男衆《おとこしゅ》に化けて、ひそんでいたらしい」

「女将とのつながりは」

「店の女中の話では、二年ほど前から、女将は店の奥座敷で祈禱をすることがあったそうでして。……あるいは、道慧とこの女将ができていた、とも考えられますが。道慧は祈禱の裏で女の情欲を巧みに煽《あお》り、思うように操る術にも長《た》けていましたから」

「ありうるな」

唐十郎も道慧が萩乃の変態的な色欲を煽って、意のまま動かしていたことを知っていた。

「一味にとって、菊吉は都合のいい隠れ家だったようでござる」

「菊吉は大川縁《べり》にある店だな。……なるほど、舟か」

猪牙舟を使えば、表裏の門を通らずに中屋敷へ出入りができるし、川をたどれば広範囲の江戸の町とも行き来ができる。しかも、客を装えば、武家姿でも商人姿でも怪しまれない。川沿いの小料理屋とは考えたものである。

「いわば、菊吉は狐たちの巣穴。……ここを張っていれば、かならず道慧が姿を現わすと踏んだのですが……」

ところが、いっこうに、それらしい者が現われない、というのだ。

「こうなると、僧侶の姿では行けまい」

「はい、武家か商人に姿を変えてくる、と見ております」

「うむ……」

唐十郎は茶碗の酒を飲み干し、相良の方へつき出して徳利をとった。相良は三尺手ぬぐいで首筋をつたう汗を拭きながら、こう、暑くては、酒を飲む気になれませんね、といってうんざりした顔をした。

「ところで、相良どの、どうあっても道慧を捕らえねばならぬのか。すでに、一味はすべて始末し、残るは道慧ひとり。奥方もこたびのことで懲《こ》りたであろうし、これで、松千代擁立の話も頓挫したと思うが……」

「いえ、そうはいきませぬ。あの道慧が消えたということは、松江田藩内に姿を変えてひそんでいると見なければなりますまい。あの男、いわば、藩内に伸びた病根にござろう。今抜いておかねば、またぞろ、根を張って芽を吹き出しましょう。……あの放火も、火遁《かとん》の術ではなかったかと見ております。それも、己の逃走だけでなく、すべての痕跡を消し去るためのもの」

相良がいうには、離れが燃えたため護摩壇も萩乃が寝所に使った奥の紅蓮の間も痕跡をとどめなかったという。しかも、天狐、地狐、宇佐美が死んだため、道慧が姿を消せば、松千代擁立を謀《はか》った一味そのものが消滅してしまうというのだ。

「……あの夜、風は大川にむかって吹いておりました。おそらく、あの火は、風を読み離れだけを焼失するために放ったものと思われますが」

「なるほど、火遁の術か」

咄嗟にそこまで考えて逃走したとなると、このまま道慧が松江田藩から手をひくとも思えなかった。

「そこで、何か、道慧を見破る特徴でも、狩谷どのにご教授願えればと思って推参したわけでござる」

そういうと、相良は苦笑いを浮かべながら首をつたう汗を拭った。

「相良どのに分からぬことが、おれに分かるものか」

唐十郎は慌てて首を振った。

「いえ、考えてみれば、われらのなかで、道慧の姿をまともに見たのは狩谷どのだけでして。……人相や体つきなど、何か、気付いたことはござらぬか」

「さて、そういわれても……」

唐十郎は表屋敷の手前で、抜刀し下段に構えた道慧の姿を思い浮かべた。一瞬だが、その構えは敵を竦《すく》ませるような激しい殺気を放射していた。

(……あれは、鳥飼と同じ十貫流、下段の構えだ)

と察知した。

「あやつ、剣もなかなかの遣い手とみた」

「ほう……」

「十貫流だ」

「……まァ、そうでしょうな」

相良は驚かなかった。道慧が十貫流を遣うことは予想していた。道慧に化けたと思われる横瀬ノ百造は十貫流の道場主でもあったのだ。

「それにな、あの夜、道慧は刀を持っていた」

「刀を……」

相良が怪訝な顔をした。

「法体《ほったい》ならば、刀など持ち歩くはずはあるまい。となれば、あの夜、咄嗟にちかくにあった刀を手にしたとは考えられぬか」

ハッ、とした表情が相良の顔に浮かび、

「されば、調伏の祈禱に用いた六振りのうちの一振りを……」

と、上体をひねって、傍《かたわ》らに腰を落としている唐十郎を見た。

「手を伸ばせばとどくところに抜き身が刺してあったのだ。まず、まちがいなかろう。それにな、あれは鈍刀《なまくら》ではない。身幅の広い刀身だが、清澄な冴《さ》えがあった。……たしか、河内進之助どのが奪われた差料が土佐吉光と聞いているが、あれが吉光ではないかとみたが」

「土佐吉光。……なれば、道慧はその刀を帯刀していると」

「さて、それはどうかな。奪った土佐吉光を持ち歩くとも思えぬが……。だが、捨てはせぬ。あれは、恐ろしく切れる。まさに、大業物《おおわざもの》といっていい。道慧が十貫流の手練なら、惜しくて手放せぬはずだ」

唐十郎は断定するようにいった。

「さすがは、狩谷どの、確かな目利きでございますな」

相良の口元に微笑が浮いた。

2

松江田藩江戸家老、林崎外記は下屋敷内にある別棟の書見の間にいた。すでに、四ツ（午後十時）をすぎている。林崎は燭台の明かりで、こたびの騒動の顚末《てんまつ》を記した書状に目を通していた。

三日前、竹中が書いて持参したものである。むろん、この書状に記したことの多くは、相良が調べたものであることは林崎も承知していた。

書状には、道慧なる怪僧が祈禱によって奥方にとり入り、松千代君を継嗣《けいし》とすることで藩政に食い込もうとした陰謀の子細が記されていた。また、奥方の常軌を逸した乱行、地狐、天狐なる忍びを使って影目付を斬殺したことから、中屋敷の火災までが経過にしたがって細かに記されていた。

「始末はついたが、狐一匹、捕らえられぬか……」

林崎は書状を手にしたとき、そう思い、安堵と落胆とが胸の内で交差した。

そして、その書状をもとに、林崎が病床の讃岐守に騒動の顚末を告げると、三日後に断が下った。

奥方には、その乱行に対し中屋敷の裏屋敷へ幽閉。正室でもあり、道慧なる僧に誑《たぶら》かされての乱行ということで、お咎《とが》めは軽かった。

ただ、裏屋敷から出ることを禁じられ監視役が昼夜つけられることになり、色情狂の萩乃にとっては、まさに生き地獄の苦しみであろうと推測された。

また、清水は中屋敷から出火したことにより管理不行き届きの理由で、二百石の家禄を五十石削られ、中屋敷番を解かれて下屋敷住みとなった。さらに、松千代君は「年いまだ長ぜず」との理由で、お咎めはなかった。

そして、国許の次席家老、安藤たちに対しても特別の沙汰はなかった。

まさに、恩命である。こうした穏便な処断の背後には、幕府に対して内密に処理したいという強い意向があったが、何よりも、事件は道慧と称する怪僧とその一統による陰謀であり、安藤たちが背後で画策したという証拠が皆無だったので、処罰しようがなかったのである。

お家騒動というより、道慧たち一統が引き起こした事件であり、藩内で処罰すべきは奥方の乱行と中屋敷離れの出火だけだったのだ。

ただ、讃岐守は病床に林崎を呼んで、

「こたびの騒動の根源は、世継ぎにある。……余は隠居をいたすゆえ、ただちに、吉憲を藩主とするよう幕府に願い出よ」

と命じ、継嗣問題にはみずから決着をつけたのである。

（だが、わが藩は火種を抱えたままだ）

林崎は、国許の安藤たちの勢力がそのままであり、いまだ道慧が潜伏していることを思うと、一件落着という気にはなれなかった。

安藤一派は藩政の実権を握りたいだけで、松江田藩を潰すような無謀な真似はしないが、道慧はちがう。己の野望を実現するためなら何でもする。このままでは、新藩主の吉憲の謀殺さえやりかねないのだ。

（何としても、道慧の正体を暴かねばならぬ……）

わが心に、そういい聞かせながら、林崎は書状をたたみ始めた。江戸家老という立場の林崎には、道慧を捕らえ断罪することが主命のように思われたのだ。

そのとき、かすかに廊下の夜気が揺れたような気配がし、見ると、廊下側の障子に人影が映っていた。

「何者」

林崎は素早く書状を懐にしまった。

「相良甲蔵にございます」

「おおッ、相良どのか、入られよ」

スッ、と障子が開いて、忍び装束の相良が姿を現わした。

相良は後ろ手に障子を閉めると、

「夜分の参上、ご無礼仕《つかまつ》ります」

といって平伏した。

「相良どの、頭を上げられよ。……こたびのそこもとの働きがなければ、松江田藩もどうなったか分かりませぬ。なんと、お礼を申し上げればよいか」

林崎は顔を紅潮させて感謝の念をのべた。

「ご家老様、いまだ、敵の首魁は野に放たれたままにございます」

林崎の感謝の言を遮るように、相良は低い声でいった。

「たしかに……」

「されば、道慧の正体を暴くためにも、ご家老様よりお聞きしたきことがあって参上仕りました」

相良は膝行《しっこう》して、林崎に身を寄せた。

「何なりと、訊いてくれ」

「まず、清水どののことですが、用人の身なれば、中屋敷番では多少軽いお役と思われますが……」

中屋敷といっても、前藩主の療養のために建てられた屋敷である。今は、ときおり、藩主や奥方が療養の名目で利用するだけで、ふだんは空屋敷のようになっている。相良は自分が幕府の明屋敷番をしているのでそう感じたのだ。

「あやつか……」

林崎の口元にかすかに嘲笑が浮いた。

「あやつ、偏屈な男でな。老齢ゆえ、頑固なのかも知れぬが、人嫌いが激しくあまり家臣と交わらぬ。中屋敷番もみずから願い出たもの……。閑職ゆえ、用人としては軽い役柄であるが、正直なところ、ホッとした。やっかい払いできたような気持ちもありましてな」

「中屋敷へはいつごろから」

「二年の余になろうか。……中屋敷へ行ってから、さらに人嫌いは激しくなってな。あまり、上屋敷や下屋敷には姿を見せなくなった」

「家族も江戸に」

「いや、家族は国許に置き、単身で江戸に出てきておる」

「なるほど……。ところで、剣の方の腕は」

「剣とな」

林崎は驚いたような顔をして、

「さて、どうであろう。しかし、あのような老体では、腰の差料が重すぎるのではないのかな」

また、口元に嘲笑を浮かべて、暗に遣えないことをほのめかした。

「十貫流の遣い手と見ましたが……」

相良は唐十郎の目を信じていた。

「いや、それは、何かの間違いであろう。清水は若いころ、病弱だったと聞く。武芸に身を入れたことなど、なかったはずだが」

今度は、林崎もはっきりと否定した。

「さようでございますか。……奥方様が中屋敷へ足を運ぶようになったのは、いつごろからでございますか」

「そういえば、清水が中屋敷番になってからだが……」

林崎は思案するように視線を落とした。

「ご家老様、お陰で疑念が晴れましてございます。今宵は、これにて……」

そういうと、相良は腰を浮かし後じさりして、後ろ手に障子を開けた。

「待て、すると、道慧の正体がつかめるということか」

「ハッ、近いうちに正体を暴いて御覧にいれます」

相良の体が、スッと障子の外へ出た。

障子が閉まると同時に、廊下を黒い影がよぎり、その気配がかき消えた。

3

……唐十郎様。

障子のむこうで、女の声がした。唐十郎は半身を起こし、手元に引き寄せていた祐広を夜具の上に置いた。咲の声である。

雨戸を外すわずかな音に目を覚まし、忍び込む気配に枕元の愛刀を引き寄せたのだが、咲と知って安堵した。

「咲か」

「はい。お頭が、唐十郎様のお力をお借りしたいとのこと」

「道慧の正体をつかんだか」

相良からの夜分の呼び出しとなれば、それしかなかった。敵は相当の手練《てだれ》とみていい。相良たち伊賀者だけで捕らえられないと判断したため、唐十郎に呼び出しがかかったのである。

「はい。橋場町の菊吉に姿を現わしました」

「承知。しばし、待て」

唐十郎は素早く小袖に着替え、祐広を腰に差した。

咲に従って外へ出ると、満天の星空だった。夜風にわずかな冷気がある。だいぶ夜が更けていると見え、家々は寝静まり草陰で鳴く虫の音ばかりが、やかましいほど賑やかであった。

「咲、何時《なんどき》になる」

「すでに、四ツ（午後十時）を過ぎております」

咲は松永町から佐久間町へと向かっていた。突き当たりが、神田川である。どうやら、猪牙舟を用意しているらしい。

和泉橋ちかくの渡し場に舫《もや》ってあった猪牙舟に乗り込むと、咲が艪《ろ》をとった。

「橋場町へは、舟の方が早ようございます」

咲は女とは思えぬ艪捌きで、大川方面へと舟を漕いだ。神田川は大川と合流し、大川をさかのぼった川岸に菊吉はある。

咲が菊吉のちかくの渡船場に舟を着けると、忍び装束の相良が出迎えた。

「道慧は、菊吉にいるのか」

唐十郎は相良の後に従いながら訊いた。

「はい。狩谷どのもお察しでござろうか。清水と道慧は同一人物とみております」

「やはりそうか。あるいは、と思っていたが」

「その清水が、菊吉に姿を現わしました」

「ひとりでか」

「はい。……、讃岐守様より処断が下って半月経ち、藩邸は平静をとり戻したようでござる。嵐は去った、との油断が生じたのでございましょうかな」

相良は足を速めながら小声でいった。

「道慧とは何者なのだ」

唐十郎は、清水が道慧に化けているらしいが、ただの藩士とも思えなかった。

「おそらく、道慧は、忍び組の頭、横瀬ノ百造でござろう。だが、唐十郎どの」

相良は急に足をとめると、背後の唐十郎を振り返り、

「清水が道慧に化けていたのではござらぬ」

と低い声でいった。

「どういうことだ」

「逆に、道慧が清水に化けていたのでござる。あの道慧こそが、横瀬ノ百造の素顔とみております」

一瞬、相良の双眸に猛禽《もうきん》のような鋭い光がやどったが、すぐに好々爺《こうこうや》らしい穏やかな表情に戻った。

再び歩き出しながら、相良が話したことによると、横瀬ノ百造は変化《へんげ》の百造と呼ばれる変装術の達者だという。二年ほど前、人嫌いで偏屈な用人の清水を密かに殺し、以後道慧自身が清水として中屋敷に住むようになったらしい、というのだ。

「し、しかし、清水は老齢だし……」

いかに、忍びの術とはいえ、百造なる者が清水になりきるのは難しいはずだ。

「おそらく、江戸勤番の者のなかから背丈、体つきなどの似ている清水を選んだのでしょうな。声や顔付きなど、変化の術の達者であれば、難なく変えることはできますゆえ」

「髷《まげ》はどうする。道慧は頭を丸めていたぞ」

「おそらく、鬢《びん》や髷は特種な粘着剤を用いて、付着させたものでござろう。白髪の薄い鬢や髷なら、それほど難しいことではござらぬ」

相良は己の頭頂に手をやった。覆面で覆っているが、相良も頭を丸めている。一度、唐十郎の目の前で髷を付けている頭を見せたことがあるので、その言には真実味があった。

「うむ……。菊吉と百造のつながりは」

「はい、菊吉の女将はおつたといいますが、二年ほど前から橋場町に店を出し、開店当時から清水は足を運んでいたようです。おつたは百造とともに江戸に参り、一味の隠れ家として使っていたとみておりますが……」

相良はふたりの関係をいわなかったが、おつたは百造の女ということなのだろう。

「百造の腕は」

唐十郎が訊いた。構えを見ただけでも、相応の遣い手であることは知れたが、忍びであれば特異な剣技を身につけていることも考えられた。

「分かりませぬ。百造は忍び組の頭。……どのような剣を遣うか知れませぬ。それで、念のため狩谷どのに助勢をお頼みしたわけで」

助勢というより、ここで百造を取り逃したくないという相良の強い思いが、唐十郎を呼ばせたのであろう。

「いずれ、十貫流であろう」

対峙すれば、おのずと読めよう、と唐十郎は思った。

三人は、菊吉の玄関先が見えるところまで来て、道端の柳の樹陰に身を隠した。

店先の掛行灯《かけあんどん》の灯が、玉砂利を敷いた玄関先や植え込みをぼんやりと照らしていた。すでに、客のほとんどは帰ったらしく、三味線の音や女の嬌声などは聞こえてこなかった。辺りはひっそりとしている。

身を隠すとすぐ、相良が指を口にくわえ、ル、ルルル……とコオロギの鳴き声のような音を出した。すると、すぐに玄関脇の植え込みから人影が現われ、足音をたてずに走り寄ってきた。盛川である。

「清水は」

「あれに」

盛川は菊吉の二階を指差した。見ると、隅の部屋に明かりがあり、かすかに人影が動いているのが見えた。

「おつたとふたりだけのようです」

「ならば、待とう」

相良は唐十郎たちとともに、玄関先の見える柳の樹陰に戻った。

それから半時《はんとき》（一時間）ほど過ぎてから二階の灯《ひ》が消え、しばらくして玄関に武家らしい人影が現われた。

清水らしい。少し遅れて姿を見せたおったとおぼしき女に、店の名入りの提灯《ちょうちん》を手渡されている。女はだいぶ年増のようだが、艶《つや》っぽい声で何やら清水に話しかけていた。そのとき、ふいに女が嬌声をあげ、清水の背中を笑いながらたたいた。どうやら清水に尻でも撫でられたらしい。

女が玄関に消え、提灯の灯が動き出したところで、

「挟み撃ちに……」

相良が小声で唐十郎に伝え、近寄ってくる提灯の背後にまわった。

近付いてくる提灯の前に立った唐十郎が、

「待たれよ」

と清水に声をかけた。

「お、手前は、狩谷どの」

清水は提灯をかざし、唐十郎の顔を照らすと驚いたように目をしばたたかせた。

「清水……、いや、道慧だったな」

「ど、道慧などと……。拙者、松江田藩の清水勘介でござる。狩谷どのは、よくご存

じでござろうが」

清水は染《しみ》の多い頬を痙攣させて声をつまらせた。

「みごとな変化《へんげ》だな。……道慧も仮の姿、正体は松江田藩領内に住む忍び組頭、横瀬ノ百造であろうが」

「な、何を仰せられる。忍び組の頭などと……。拙者、見た通りの老体にござるよ」

「すでに、正体は割れておる。おぬし、紅蓮屋敷で刀を抜いたな。あのときの下段の構え、老体とは思えぬ気勢があった。それに、あれは鳥飼と同じ十貫流の下段。……相応の手練と見た」

「そ、そのような……。若いころ、国許で、十貫流の手解《てほど》きを受けたゆえ、それで下段に構えたまでのこと」

清水は狼狽するように顔を歪めて首を横に振った。

「このうえ、しらを切るなら、腰の刀を抜いてみろ」

「刀だと」

清水は刀に目をやった。

「柄や鍔《つば》の拵《こしら》えを変えたようだが、その黒鞘に見覚えがある。土佐吉光であろう。あの夜、道慧が持っていた河内進之助の差料だ」

「な、なに！」

「その刀には、うぬらに斬られた河内の死霊が取り憑《つ》いているのかもしれぬな」

「……！」

清水の顔が豹変した。艶のない皺だらけの肌が怒張したように赭黒《あかぐろ》く変色し、双眸が獰猛《どうもう》な獣のような光を放った。腰のまがった老体に芯が通ったように伸び、全身に気勢がみなぎった。

ふいに、清水は二、三歩下がって間合をとると、クックク……と含み笑いをもらし、

「さすがは、刀の目利きを生業としているだけのことはあるわ。鞘まで見ておったか。……されば、この吉光の切れ味のほども知っておろうな」

清水は口元に嘲笑を浮かべて、抜刀した。

4

スッ、と土佐吉光の青白い刀身が下段に落ちた。

清水は全身から凄まじい殺気を放ち、切っ先をかすかに震わせた。刀身が月光を反《は》

射《ね》て魚鱗のように光る。黒羽織と黒袴姿の清水の体は闇に溶けたように霞《かす》み、刀身が浮き上がったように見えた。

間合は四間ほどの遠間《とおま》。

清水はジリジリと間合を狭《せば》めてきた。

（こやつ、どのような剣を遣うのか）

唐十郎は、清水が下段からそのまま斬撃してくるとは思えなかった。

清水の構えには、鋭い殺気はあるが、弓を引き絞ったような緊迫感がなかった。何か、斬撃の前に仕掛けてくる気配がある。

唐十郎は居合腰に沈め清水との間を読みながら抜刀の機会をうかがっていたが、迂《う》闊《かつ》に抜けぬ、と感知していた。

そのとき、ふいに清水が刀を返したらしく、月光を反射していた刀身の青白い光が、フッとかき消えた。その瞬間、薄闇のなかで清水が動いた。

清水の身辺から赤い光が左右に飛ぶと、爆発音とともに目を射るような鋭い閃光がはしり、火玉が闇を照らした。

アッ、と、唐十郎は驚きの声をあげた。

火玉の消えた瞬間、唐十郎の視界は漆黒の闇に閉ざされ、清水の姿が消えた。激しい閃光と火玉が残像となって、唐十郎の視力を一時的に奪ったのだ。

（こ、これか！）

唐十郎は清水の秘匿していた術であることを察知した。清水の黒羽織、黒袴は闇に溶け込むためのものだったのだ。

「目幻《めくらま》しでござる！」

向かいで、相良の鋭い声が聞こえた。

その声に清水が動揺したらしく、前方でフッと夜気が動いたような気配がした。

来る！

かすかに、地を擦るような足音がした。咄嗟に、唐十郎は目を細めて前方の闇に視線を向けた。

闇のなかに青白い光芒がほのかに浮かんだ。土佐吉光の刀身である。清澄な刀身の地肌の冴えが、闇のなかでかすかな光を放っているのだ。

間合は三間ほど。清水は鬼哭の剣を放つ間の内にいる。

イヤヤアッ！

唐十郎は裂帛《れっぱく》の気合と同時に大きく前に跳びながら、祐広を抜き放った。

刹那、清水が下段から斬り上げたが、その切っ先が唐十郎の袖を裂いただけで、とどかなかった。

唐十郎の手の内に、わずかに首筋をとらえた感触が残った。唐十郎は清水と交差し、反転すると切っ先を相手の喉元につけて残心の構えをとった。

一瞬、対峙した清水は怒張するように赭黒《あかぐろ》い顔をふくらませ、カッと刮目《かつもく》したまま動きをとめたが、次の瞬間、首筋から赤い帯のように血飛沫《ちしぶき》がはしった。

何か叫ぼうとして、清水は口を開いたが白い歯が闇に浮かび上がっただけだった。清水は首筋からヒュー、ヒューと血の噴出音をさせながら二、三歩歩み出し、闇に埋もれるように崩れ落ちた。

「怪僧、道慧の最期でござる」

そばにきた相良が呟くようにいった。

「まやかしとはいえ、あやうかった」

唐十郎は祐広を振って刀身の血糊を切った。

「よく、相手の動きがつかめましたな」

「土佐吉光の冴えが、救ってくれた。闇のなかで仄かな光を放ったのだ」

まさに、吉光に取り憑いた死霊が放った光かもしれぬ、と唐十郎は思った。

「刀身の光が百造の術を破りましたか……」

「うむ……。それにしても、あの火玉はなんだ」

「あれは、投擲《とうてきよう》用の火器のひとつでございましょう」

相良は椀状の土器に発光のための火薬を入れ、点火のための袖火《そでび》で火を点け己の左右に放ったものだという。袖火とは忍者が携帯する点火用の火器である。

「……終わったな」

唐十郎は祐広を鞘に納めた。

「後始末はわれらが……。咲に松永町まで送らせましょう」

そういいながら、相良は背後を振り返った。

いつ来たのか、咲と盛川が薄闇のなかに身を沈めるようにして控えていた。

満天の星空だった。すでに、子《ね》ノ刻《こく》（午前零時）を過ぎているだろうか。大川の両岸はかすかに家並が見えるだけで深い闇に沈んでいる。

風もなく、咲の漕ぐ艪音だけが川面にひびいていた。

「咲、何を考えておる」

唐十郎は船梁《ふなばり》に腰を落としたまま、艫《とも》にいる咲を振り返った。

咲はゆっくりと艪を動かしながら、唐十郎を見つめていた。仄かな青磁色《せいじいろ》の月明かりが、咲のしなやかな肢体を包みこんでいる。

「勝江どののことでございます。最期に鳥飼どのと結ばれ、幸せではなかったかと……」

咲はつぶやくようにいった。

「身を焦がすような一時《いっとき》の恋か……」

唐十郎は白砂の上で血に染まって折り重なったふたりの姿を思い浮かべた。咲のいうとおりかもしれぬ、と思った。

「ふたりは、この星のなかにいるような気がいたします」

咲は艪を漕ぐ手をとめると、唐十郎のそばに来て腰をおろした。

「われら、ふたりもな……」

唐十郎はつぶやくようにいった。

咲は無言で、頰を唐十郎の肩先につけた。その黒瞳《こくとう》が潤んだように濡れている。

大川の上空には、眩《まばゆ》いばかりに星が瞬《またた》いていた。銀河のようだった。唐十郎と咲を乗せた猪牙舟は、銀河のなかをすべるように下っていった。

解説――斬撃場面のジェットコースターのような疾走感が痛快

文芸評論家　細《ほそ》谷《や》正《まさ》充《みつ》

　鳥羽亮のデビュー作といえば、もちろん平成二年に第三十六回江戸川乱歩賞を受賞した『剣の道殺人事件』である。全日本学生剣道大会の決勝で大観衆が見守るなか、試合中の選手が腹部を刺されるという、不可能犯罪を扱った本格ミステリーだ。このトリックは、よく考え抜かれたユニークなものであったが、それ以上に作品に独創性を与えていたのは、登場人物や舞台、謎の設定から犯人の動機に至るまで、徹底的に〝剣の道〟にこだわった点であろう。特に三人の剣士の、それぞれ得意とする技に秘められた遠大な計画が明らかになったときは、どこからこういった着想が生まれたのかと、驚いたものだ。

　しかしそれも、作者の略歴を見て納得。作者は埼玉大学教育学部在学中に、剣道三段を取得したことからも分かるように、剣の道を熟知した人なのであった。そんなこんなで、受賞作が出版されたとき、ミステリー好きの仲間内では「この人の書いた、時代小説を読んでみたいねえ」という会話が飛び交ったものである。

だから平成六年に『三鬼の剣』が出版されたときは、ついに来るべきものが来たかと、期待に胸躍らせたのだ。そして、その期待は裏切られることはなかった。無住《むじゆう》心剣《しんけん》流の奥義《おうぎ》を巡《めぐ》る騒動に、直心影《じきしんかげ》流の使い手である主人公が巻き込まれるストーリーは、チャンバラに始まりチャンバラに終わる、堂々たる剣豪小説だったのである。なにより嬉《うれ》しかったのは、斬り合いの面白さを追及し、魅《み》せるチャンバラに徹していたことだ。

剣豪小説は大別すれば、チャンバラ・シーンの面白さを描いたものと、斬り合いを通じて浮かび上がる剣豪の心理を描いたものに、分けることができよう。どちらが上等という問題ではないが、私個人としてはチャンバラそのものを前面に押し出したものが好きである。という訳で、この作品は読んでいて燃えたね。もしこの時、隣りに作者がいたら「チャンバラってものを、よく分かってらっしゃる」と叫んで、両手握手をしたことだろう。とまあ、なんだかよく分からん妄想《もうそう》に浸《ひた》ってしまうぐらい、チャンバラ・シーンに興奮してしまったのだ。

その後の作者が、警視庁捜査一課南平班シリーズなどのミステリーを次々と発表しながら、時代小説にも積極的に取り組んでいったのは周知の事実であろう。さまざまな剣豪ヒーローが作者の筆先から生まれたが、その中のひとりが、本書の主人公・野《の》晒唐十郎《ざらしとうじゅうろう》なのである。

野晒唐十郎――本名を狩谷《かりや》唐十郎という、小宮山《こみやま》流居合《いあい》の道場主だ。といっても道場の方は、かつて看板を掲《かか》げていた父親が斬殺《ざんさつ》され評判を落とし、残った門弟はただひとりという状況にある。当然、道場主では飯が食えないので、試刀や、依頼があれば介錯人《かいしやくにん》を勤めて、方便の道としている。介錯により人の命を断つたびに庭に石仏を建てているが、それほど信心深いわけではない。野晒という異名《いみよう》の由来については、過去の作品で、

「野晒し状態で並べられた庭の石仏からきていたが、あるいは、この荒れ野にならぶ石仏の光景が唐十郎自身の心象風景であるのかもしれない」

と述べられている。この描写からも感得できるように、どこか無頼《ぶらい》と虚無《きよむ》の翳《かげ》りを感じさせる男だ。

その唐十郎が、将軍家拝領の名刀を使った辻斬り事件にかかわり、父親を倒した相手に小宮山流居合奥義・鬼哭《きこく》の剣で立ち向かうのが、第一作の『鬼哭の剣』だ。続く『妖《あやか》し陽炎《かげろう》の剣』では、大塩平八郎《おおしおへいはちろう》の残党らしき盗賊団の横行の裏に隠されたからく

りと、妖刀・京女鬼丸《きょうじょおにまる》が繰り出す陽炎の剣との対決が描かれた。さて、シリーズ第三弾になる本書『妖鬼飛蝶の剣』で、唐十郎の闘うべき敵は、はたして何者であろうか。

紅蓮《ぐれん》屋敷と呼ばれる屋敷から出てきた侍が、忍びに殺される場面から、物語はスタートする。忍びは、天狐《てんこ》・地狐《ちこ》と名乗る二人組の片割れ、天狐であった。彼らは名門道場の門弟を次々と殺していたが、その目的は謎に包まれている。

一方、ひさしぶりに介錯役を頼まれた唐十郎。それとは知らずに紅蓮屋敷で勤めを果たした後、女主人と愛欲の一夜を迎えた。ところが翌日、屋敷を辞退した彼は、天狐・地狐の襲撃を受け窮地に陥《おちい》る。危機一髪の唐十郎に救いの手を差し伸べたのは、彼とは旧知の間柄の伊賀《いが》者組頭・相良甲蔵《さがらこうぞう》の娘の咲《さき》だった。彼女たちは、老中阿部正弘《あべまさひろ》の命により門弟惨殺事件を追っていたのであった。

いつのまにか事件の渦中に足を踏み入れてしまった唐十郎は、やがて一連の殺しの原因が、松江《まつえ》田《だ》藩のお家騒動であることを聞かされる。しかも、お家騒動を陰から操る怪僧道慧《どうえ》は、さらなる陰謀を胸に秘めているらしい。彼は天狐・地狐に加え、飛蝶の剣なる妖剣を使う鳥飼《とりがい》京《きょう》四郎《しろう》を国元から呼び寄せ、なにごとかを企《くわだ》てるのだった。

いうまでもなく本書の魅力はチャンバラにある。タイトルになっている〝飛蝶の剣〟は、小宮山流居合の奥義・鬼哭の剣でも勝つことのできぬ、まさに妖剣。この飛蝶の剣を、唐十郎がいかにして破るのかが、もっとも興味深い読みどころであろう。また、手突矢《てつきや》・金剛杖《こんごうじよう》と、特異な武器を使う天狐・地狐との闘いも見逃せない。特に中盤、松江田藩の要人の命を巡り、敵味方入り乱れて繰り広げられる総力戦は凄《すさ》まじい迫力だ。さらに続けて、鳥飼京四郎との闘い、そして真の敵との対決と、息継ぐ暇もないチャンバラの連続で、一気にクライマックスへと突入する展開からは、目を離すことができない。剣と剣がぶつかる度に、物語が加速する。斬撃場面が生み出すジェットコースターのような疾走感が、とにかく痛快なのだ。

おっと、チャンバラにばかり夢中になって、ミステリーとしての興趣を忘れてはいけない。事件の黒幕の隠し方や、唐十郎がその正体に気づく手掛かりの提示には、ミステリー作家・鳥羽亮の手腕が遺憾《いかん》なく発揮されているといえよう。

本書は、チャンバラとミステリーの楽しさをハイブリッドした、贅沢《ぜいたく》な剣豪小説なのである。ふたつのジャンルを自在に往来する作者の、二刀流の斬れ味を心ゆくまで堪能《たんのう》していただきたい。

（本書は、平成十一年十月に刊行した作品を、
大きな文字に組み直した「新装版」です）

上質のエンターテインメントを！ 珠玉のエスプリを！

祥伝社文庫は創刊十五周年を迎える二〇〇〇年を機に、ここに新たな宣言をいたします。いつの世にも変わらない価値観、つまり「豊かな心」「深い知恵」「大きな楽しみ」に満ちた作品を厳選し、次代を拓く書下ろし作品を大胆に起用し、読者の皆様の心に響く文庫を目指します。どうぞご意見、ご希望を編集部までお寄せくださるよう、お願いいたします。

二〇〇〇年一月一日　祥伝社文庫編集部

祥伝社文庫

妖鬼《ようき》 飛蝶《ひちょう》の剣《けん》 介錯人《かいしゃくにん》・野晒唐十郎《のざらしとうじゅうろう》 新装版

平成二十三年二月十五日　初版第一刷発行

著者　鳥羽《とば》 亮《りょう》

発行者　竹内和芳

発行所　祥伝社

東京都千代田区神田神保町三ー六ー五
九段尚学ビル　〒一〇一ー八七〇一
電話　〇三（三二六五）二〇八一（販売部）
電話　〇三（三二六五）二〇八〇（編集部）
電話　〇三（三二六五）三六二二（業務部）
http://www.shodensha.co.jp/

印刷所　萩原印刷

製本所　積信堂

カバーフォーマットデザイン　中原達治

Printed in Japan　©2011, Ryō Toba　ISBN978-4-396-33650-9 C0193

祥伝社文庫　今月の新刊

西村京太郎　オリエント急行を追え
十津川警部、特命を帯び、激動の東ヨーロッパへ。

藤谷　治　マリッジ：インポッシブル
努力なくして結婚あらず！痛快ウエディング・コメディ。

五十嵐貴久　For You
急逝した叔母の生涯を懸けた恋とは。感動の恋愛小説。

南　英男　暴れ捜査官　警視庁特命遊撃班
善人にこそ、本当のワルが！人気急上昇シリーズ第三弾。

渡辺裕之　聖域の亡者　傭兵代理店
中国の暴虐が続くチベットに傭兵チームが乗り込む！

草凪　優　ろくでなしの恋
「この官能文庫がすごい！」受賞作に続く傑作官能ロマン。

白根　翼　婚活の湯
二八歳独身男子、「お見合いバスツアー」でモテ男に…？

鳥羽　亮　京洛斬鬼　介錯人・野晒唐十郎〈番外編〉
幕末動乱の京で、鬼が哭く。孤高のヒーロー、ここに帰還。

辻堂　魁　月夜行　風の市兵衛
六十余名の刺客の襲撃！姫をつれ、市兵衛は敵中突破！

岡本さとる　がんこ煙管《ぎせる》　取次屋栄三
「楽しい。面白い。気持ちいい作品」と細谷正充氏、絶賛！

野口　卓　軍鶏《しゃも》侍
「彼はこの一巻で時代小説の最前線に躍り出た」—縄田一男氏。

鳥羽　亮　新装版　鬼哭《きこく》の剣　介錯人・野晒唐十郎
鳥羽時代小説の真髄、大きな文字で、再刊！

鳥羽　亮　新装版　妖《あやか》し陽炎《かげろう》の剣　介錯人・野晒唐十郎
鬼哭の剣に立ちはだかる、妖気燃え立つ必殺剣——。

鳥羽　亮　新装版　妖鬼　飛蝶の剣　介錯人・野晒唐十郎
華麗なる殺人剣と一閃する居合剣が対決！

妖鬼　飛蝶の剣

一〇〇字書評

切り取り線

購買動機（新聞、雑誌名を記入するか、あるいは○をつけてください）

□（　　　　　　　　　）の広告を見て	
□（　　　　　　　　　）の書評を見て	
□ 知人のすすめで	□ タイトルに惹かれて
□ カバーが良かったから	□ 内容が面白そうだから
□ 好きな作家だから	□ 好きな分野の本だから

・最近、最も感銘を受けた作品名をお書き下さい

・あなたのお好きな作家名をお書き下さい

・その他、ご要望がありましたらお書き下さい

住所	〒				
氏名		職業		年齢	
Eメール	※携帯には配信できません	新刊情報等のメール配信を 希望する・しない			

この本の感想を、編集部までお寄せいただけたらありがたく存じます。今後の企画の参考にさせていただきます。Eメールでも結構です。

いただいた「一〇〇字書評」は、新聞・雑誌等に紹介させていただくことがあります。その場合はお礼として特製図書カードを差し上げます。

前ページの原稿用紙に書評をお書きの上、切り取り、左記までお送り下さい。宛先の住所は不要です。

なお、ご記入いただいたお名前、ご住所等は、書評紹介の事前了解、謝礼のお届けのためだけに利用し、そのほかの目的のために利用することはありません。

〒一〇一-八七〇一
祥伝社文庫編集長　加藤　淳
電話　〇三（三二六五）二〇八〇

祥伝社ホームページの「ブックレビュー」からも、書き込めます。
http://www.shodensha.co.jp/bookreview/